ハヤカワ・ミステリ

ROBERT VAN GULIK

螺鈿の四季

THE LACQUER SCREEN

ロバート・ファン・ヒューリック
和爾桃子訳

TOKYO
HAYAKAWA
BOOKS

A HAYAKAWA
POCKET MYSTERY BOOK

THE LACQUER SCREEN
by
ROBERT VAN GULIK

Translated by
MOMOKO WANI
Published 2010 in Japan by
HAYAKAWA PUBLISHING, INC.
This book is published in Japan by
direct arrangement with
SETSUKO VAN GULIK.

図版目次

春

夏

秋

冬

西暦七世紀も半ばをすぎ、日本では聖徳太子の没後四十一年。唐の天下統一から早くも半世紀、戦乱の記憶もうすれ民心ようやく定まり、白村江《はくすきのえ》では倭《やまと》・韓《から》の連合軍を打ち破って内外に大帝国の貫禄を見せつけ、ひとつの偉大な時代がいま、まさに花開こうとしていた。ちょうどそのころ、はじめての任地に赴く県知事がいた。名は狄仁傑《ディーレンチエ》。またの名を「狄《ディー》判事」と呼ばれる。

本篇は、最初の任地・平来《ポンライ》の知事だった時、立ち寄った威炳《ウエイピン》で出会った事件である。

螺鈿の四季

装幀　勝呂　忠

登場人物

狄仁傑《ディーレンチエ》……………………山東省、平来《ポンライ》県知事。本篇では、沈墨《シエンモウ》と名乗る
喬泰《チヤオタイ》……………………狄《ディー》判事の副官
滕瞰《トンカン》……………………威炳《ウエイピン》県知事
滕《トン》夫人、武《ウー》氏……………………滕《トン》知事の妻
潘游徳《パンユーデ》……………………滕《トン》知事の腹心
葛基元《コウチーユアン》……………………裕福な絹商人
葛《コウ》夫人、謝《ジエ》氏……………………葛基元《コウチーユアン》の妻
卞洪《ピアンホン》……………………易者
冷呈《ロンチエン》……………………両替商
冷徳《ロンデ》……………………冷呈《ロンチエン》の弟。画家
伍長……………………威炳《ウエイピン》の裏社会を牛耳る親玉
白面書生……………………若いごろつき
孔山《クンシヤン》……………………こそ泥
石竹……………………娼妓

1

夫は漆の屏風におののき
微行の判事を迎え入れる

その男は書斎の敷居ぎわに立ち往生していた。目がくらみ、足を踏み出すさえままならず、とうてい机まで行けない。戸口の脇柱にもたれて立つのがせいいっぱいだ。目をつぶっておそるおそる頭に手をやり、両のこめかみをぐっとおさえる。さっきまで割れるようだった頭が鈍痛におさまり、耳鳴りもやんでいた。おかげで、昼寝をすませた召使どもが官邸のはるか裏手でめいめいの仕事にかかるおなじみの物音が聞こえるようになった。こうなると、執事が午後のお茶を捧げてあらわれるのも時間の問題だ。

落ち着こう、と、すさまじい気力をふりしぼる。目がだいぶ見えてきた、一安心だ。そこで両手をあたふたと目の近くにもっていって確かめる、血などひとつもついていない。今度はむくの重厚な大机を見た。磨きこんだ机上に花をいけた玉瓶が映りこんでいるが、いささかしおれている。そういえば、そこの花はいつも妻が庭で摘んできては、手ずからこまめに活けかえてくれたものだ。そこに思い至るや、胃の腑にぽかっと穴が開いた。ふいの惑乱にもつれる足で泳ぐように机をめざし、青息吐息で座席側へ回る。そして、つるつるする机端にしがみついて肘掛にへたりこんだ。

両手で腕もたれをつかみ、新たな波をやりすごしておもむろに目を開ける。と、まん前の壁際に立ちはだかる漆の屏風が視界に飛びこんできた。あわてて目をそらしたが、なんだか、どこを見てもその屏風がついてくるような気がする。長身をおこりのように震わせ、ゆったりした部屋着の前をきつく合わせる。ついに狂人になるのか？　大粒の冷汗を額に浮かべ、ただならぬ吐き気をもよおす。腹心の部下がさきほど机上に出していった書類をうなだれてにらみすえ、頭をはっきりさせようとした。

そんな折も折、茶盆を捧げて入室する執事の姿が視野の端にうつった。鄭重しごくな口上に、こちらからもしかるべき言葉をかけようとする。が、いかんせん、からからにひからびた舌がいっかな動こうとしない。地味なねずみ色の衣服に小帽を合わせた老執事が茶碗を捧げる。一刻を争うようにして取り、わななく手で口に運んだ。おかわりすれば気分も直るだろう。この老いぼれめ、どうして部屋をさがらない？　何をぐずぐずしている？　たまりかねて口を開きかけた矢先、茶盆にのった大ぶりの封筒にふと気づいた。

「今しがた、こちらのお手紙を」と、老執事。「沈《シェン》という方が持参され、お目通りを願っておいでです」

わななく手に取るさえおぼつかず、じっと見るにとどめる。いかにも官人らしいどっしりした筆蹟《て》で、「威炳《ウェイピン》県知事　滕瞰《トンカン》殿親展」という宛名の左下には州の朱印が大きくおしてある。

執事が感情をまじえずに述べた。

「親展とあるからには、じかにお開けにならぬことにはと存じまして」

そう言われて封書を取り、習い性で竹べらの封切りに手をのばす。県知事は全国で数百名を数え、強大な唐という統治機構を動かす末端の歯車だ。任県の威炳《ウェイピン》でこそいちばん身分の高い官人さまだが、しょせんは州都釆府《ピァンフー》の長官を上司にいただく県知事十数名のひとりにすぎない。まったく執事の言う通り、州長官がわざわざ親展書状をつけてよこした客ならあまり待たせてはいかん。よかった、ちゃんとまともに筋道たててものを考えられるぞ！

封を切ってみる。本文は公用箋一枚に数行のみだ。

本状持参者は平来《ポンライ》県知事狄仁傑《ディーレンチエ》である。州都での会議出席後に、帰途威炳《ウエイピン》に立ち寄り、姓名官職を秘匿の上で一週間の滞在を認める。以上　州長官

読み終えた手紙をおもむろにしまう。よりにもよってまずい時に来たものだ、平来《ポンライ》の同役は。しかも微行《おしのび》とはまた、なんのつもりだろうか。なにか不都合でも持ち上がったのか？　型破りで定評のある州長官のことだ、隠密調査にこの狄《ディー》とやらをよこした可能性もあるな。病気を口実にお引き取りいただくか？　いや、午前中はどこも悪くなかったのだから、そんなことをしたら官邸の者どもをいたずらに不審がらせてしまう。

茶碗の残りをあたふた飲み干す。

それが効いたとみえて、執事にかけた声はわれながらほぼ普段通りだった。

「もう一杯。あと、官服を出してくれ」

老執事の介添えで褐色《かちん》の錦袍に袖を通す。黒紗の官帽を手渡され、腰帯をしめた。

「では、沈《シエン》さんをご案内せよ。こちらの書斎にお通しするように」

執事が消えるやそそくさと腰を上げる。山水軸をかけた横手の壁ぎわに、ゆったりした応接用の黒檀長椅子がすえてあった。試しに左端にかけてみて、その位置ならあの屏風が半分がた隠れるのを確認した上で、元の席に戻った。さいわい足もとはしゃんとしてきて、まともに歩ける。だが、頭はまだまともに動くだろうか？　その場にたたずんで思案するうち、また扉が開いた。戻ってきた執事がとりついだ名刺には、赤地に沈墨《シエンモウ》と大書した左下に「周旋屋」と小さく書き添えてある。

案内されてきたのはみごとな黒ひげの偉丈夫で、着古した青長衣というなりで拱手拝礼した。これまたくたびれた黒帽には、身分をうかがわせるものがまるで見当たらない。

答礼した滕《トン》知事が言葉少なにようこそと述べ、低い茶卓をはさんで長椅子の右端を身ぶりですすめた。自身は反対

端に腰をおろし、いまだに戸口で粘る執事にきっぱり合図してさがらせる。

扉が閉まると、ひげの男は鋭敏な眼を主人役にあて、よく通る声で感じよく述べた。

「滕《トン》さん、かねがねお目にかかりたく存じておりました。当代屈指の詩人として、ご文名は都で宮仕えを始めたころから承っております。むろんのこと、行政方面でのただならぬご手腕のほどもあわせて耳にしております」

滕《トン》知事は頭を下げた。

「ご褒詞が過ぎますよ、狄《ディー》さん。たまのつれづれに書き散らした手すさびというだけですのに。よもや、書の鑑定でも精力的な捜査でも名声を博す多忙なご同役のお目にとまるとは、それこそ望外の次第ですな」

そこで口をつぐむ。またためまいがしそうだ、こうして通りいっぺんのやりとりをするさえつらい。逡巡のはてに、こう切り出してみた。

「州長官閣下によると、当地ご滞在は微行だとか。なにか犯罪捜査がらみのおいででしたか？　むきつけな尋ねようで、まこと心苦しい仕儀ながら……」

「いやいや、滅相もない！」

狄《ディー》判事は笑顔で恐縮した。

「思いも寄りませんでしたな、添え状がそこまであっさりしていたとは。そのせいで、あらぬご心配をおかけしたのでなければよろしいが。いや、打ち明けて申しますとね、平来《ポンライ》の激務で心身ともにだいぶ消耗しまして。むろん、それもこれも県知事職についてまだ日が浅い未熟者ゆえですが、ご承知の通り平来《ポンライ》は初任地ですのでね。それで短期の休みでもと考えておりましたら、たまたま海岸防衛がらみの会議で州都に召し出されたんですよ。うちの県は海向こうに朝鮮半島を臨み、目下は朝鮮からの船舶の管理統制に手を焼いております。その件で州長官につかまって朝から晩まで休む間もなかった上、さる高官が都から……いやはや、一から十までお偉方にご無理ごもっともを言い通しというのもね！　しかも四日ぶっ通しでしてね。これで平来《ポンライ》に戻ろうものなら、留守中にたまりたまった仕事が確実に山積みですよ。だから、その前に短い休暇を頂戴し、あまたの史跡を擁するうえに風光明媚で名高いこちらの県で、しばし命の洗濯をしようというわけです。お作にも、そんな題材の名詩がいくつもありましたな。ことさら身分を隠して周旋屋の沈墨《シェンモウ》などと名のっているのは、その方がなにかと都合がいいからというだけですよ」

「なるほど」主人役として一応うなずきながらも、内心苦り切る。「なにが休暇だ、まったく！　州長官も州長官だ。そうならそうとはっきり書いてくれれば、こちらも面会を繰り延べて、今日明日ぐらいは会わずにすませたものを」

それでも口ではこう述べた。「職務につきものの窮屈な格式抜きで気ままな街歩きがかなえば、たとえ一時でもせいせいしますからなあ！　ですが、供回りはどうなさる？」

「実は」狄《ディー》判事は答えた。「今回の供は副官一人だけです。喬泰《チャオタイ》と申しまして、武術の達人でしてね」

「それはいかがなものか。その……知事の供回りにはいささか軽すぎませんか？」滕《トン》が懸念する。

「いやあ、正直そんなことは考えもしませんでしたよ！」判事が笑いまじりに返答する。「どこか、小さくても結構ですから清潔なおすすめの宿はありませんか？　それと、必見の名所旧蹟もあわせてご教示いただければと思うのですが」

お茶をすすったのちに、滕《トン》が口を開く。

「微行がご希望なら、遺憾ながら官邸でのおもてなしはかないませんな。ですが、たってお尋ねとあらば、飛鶴館がよろしかろう。すこぶる評判もよし、こちらの政庁にもわりあい近いうちです。名所旧蹟については、うちの副官をつとめる腹心の潘游徳《パンユーデ》にご対応させましょう。当地のはえぬきでしてね、まちのことなら細大もらさず心得ております。よろしければ、これからその者のところへご案内しましょうか。公文書室の奥に専用執務室がありますので」

腰を上げた滕《トン》知事が、やはり立った狄《ディー》判事の目の前でふ

狄《ディー》判事と滕《トン》知事

と体勢を崩し、長椅子の腕もたれに両手でしがみついてかろうじて事なきを得た。

「大丈夫ですか、もしやお加減でも？」と、判事が気づかう。

「いや、なんでも。ちと、めまいが……」滕《トン》が形ばかり笑顔を作る。「いささか、疲れがたまっていてね」

そんな間の悪い折にまたしても入室した執事に、苛立ちまじりの視線を向ける。一礼した執事が、客人をはばかって声を落とした。

「ご用談中まことに恐縮ながら、今しがた小間使から報告がございまして。奥様には、お昼寝時間を過ぎてもいまだお出ましにならず、お部屋に鍵をかけておられるとかで」

「ああ、そういえば言い忘れていた。奥様なら、昼飯のあとで姉上から火急の呼び出しを受けて郊外の実家《さと》に出向いた。そのむね、みなに知らせておいてくれ」

それでもまだ粘るので、ついに知事の堪忍袋の緒が切れた。「何をぐずぐずしておる？　こちらも用事なんだ、わからんのか？」

「実は、もうひとつご報告いたしませんことには」老人が困惑もあらわに言い渋る。「だれか、お部屋の手前にすえた大花瓶を壊した者がおりまして――」

「あとにせよ！」とさえぎり、狄《ディー》判事を案内して戸口に向かう。

官邸と政庁をへだてる庭を抜けながら、ふと滕《トン》がこう言いだす。

「当地ご滞在中に、わずかなりとも謦咳に接する折があれば本望だよ、狄《ディー》君。いつでも遠慮なく来てくれたまえ。ちょっと難題に手を焼いていてね、きみの忌憚ないご意見をうかがいたいんだ。さ、こちらの左手へ折れていただこうか」

ひろびろした政庁正院子をつっきって向かいの棟に行き、案内された執務室は、狭いながらすみずみまで毛筋ほどの乱れもなかった。

公文書や帳簿を積み上げた執務机についていたやせっぽ

ちが、知事を目にするや飛びたつように腰を上げ、片隅にちぢこまって目につくまいとしていた女中を身ぶりでさがらせたのち、不自由な脚を引きずって迎えに出て、ねんごろに低頭した。

滕《トン》知事が慎重に言葉を選ぶ。

「こちらは沈《シェン》さん、そのう……なんだ、周旋屋だ。州長官さまの添え状を持って来られた。数日泊って県内の名所を観光したいそうだ。お尋ねにはなんでも答えてあげるように」そう言い置くと狄《ディー》判事に、「では、ごめんをこうむって、私はこれで。午後公判の支度があるのでね」と、頭を下げて出て行った。

机をへだててさし向かいにすえた大ぶりな椅子を判事にすすめ、通りいっぺんのやりとりをする。ただ、潘《パン》にはなにやら気がかりがあるらしく、どことなく上の空だ。滕《トン》知事の去り際が尻切れとんぼだったことといい、いま懸案の法廷事件とやらはよほど厄介な難問とみえる。

だが、面と向かって尋ねると、潘《パン》はたちどころに打ち消した。

「いえいえ、ありふれた案件だけですよ。さいわい、当県はわりに平穏無事ですのでね！」

「ああ、そうですか。なにやら難問があるとか、ついさきほど知事様にちらりと承ったものでね」

潘《パン》がおやおやと、白くなった眉をつりあげた。

「てまえは何も存じませんが」さっきの下女がまた入室しかけて、「後にしろ！」と、手もなく追っ払われた。そこで潘《パン》がひとしきり判事にこぼす。

「まったく、あの女中どもときたら箸にも棒にもかからん！　あのうちのだれかが、奥様のお部屋の手前に飾ってあった骨董の大花瓶を割ったらしいんですよ。知事様が大事にしておられた累代の家宝だというのに。自分がやったと名乗り出る者がおりませんので、執事の要望を受けて、てまえがひとりずつ問いただしているところなんですよ」

「というと、こちらの副官さんはあなたおひとりで？」狄《ディー》判事がたずねた。「三、四人がおきまりでしょう？　それで、知事様がご転任のたびに、一緒についてぞろぞろ異動なさるのが普通じゃないですか」

「ええ、お説の通りなんですが、うちの知事様はしきたり通りになさるようなお方じゃないんで。おわかりと思いますが、生来わりに内気な、いうなればいささか浮世離れのきらいがおありでね。かくいうてまえも本当は副官じゃなく、当政庁の常勤なんです」そこで眉をひそめる。「あの花瓶のことで、さだめし気落ちされたんでしょうて！　入りがけのお顔など、見るからにお具合悪そうでしたよ」

「持病がおありなんですか？　お顔色は私も気になりましたが」

「それはないです。お身体の不調を訴えられたことはありませんし、ここ最近は常にもましてご機嫌がよかったほどで。ひと月前でしたか、法廷でうっかり足をくじいておられたものの、そっちはすっかり治られましたしね。おおかた、夏ばてではないですかね。それはそうと沈《シェン》さん、手始めにおすすめの名所を申し上げておきましょうか。そちらの……」

と、威炳《ウェイピン》内の名所をとうとうと語りだす。話しぶりから学のある読書家で、土地の由緒に詳しいのがうかがえた。尽きぬ話に後ろ髪ひかれながらも、判事はついに腰を上げ、政庁裏の茶館に連れを待たせてあるので、そろそろおいとましなくてはと申し出た。

「それでしたら、裏口へご案内しましょう。そうすれば表門から大回りせずにすみますよ」

萎えた脚をてきぱき動かし、判事を連れて奥の官邸へと向かう。院子にめぐらした側廊とおぼしき通路は窓がなく、暗くて長かった。行き止まりの小さな鉄扉の鍵を開けながら、にこやかに述べる。

「この裏口も名所旧跡のうちなんですよ！　七十年以上も前に当地で起きた乱に備えて作られた非常口です。ご承知のように、当時の都督といえば、かの――」

これではきりがない。狄《ディー》判事はすかさず鄭重しごくの謝辞でさえぎり、ひっそりした裏道に出て、潘《パン》に教えてもらった方向へと歩きだした。

喬泰《チャオタイ》を残してきた茶館は、そのさきの角だった。昼寝がすんでまだ間がないというのに、露台席は早くも混んでいる。おおかたは身なりのいい客ばかりで、急ぐふうもなく、西瓜の種をつまみながら茶をすすっていた。

狄《ディー》判事がまっすぐ足を向けた席は、茶の長衣に黒い小帽の大男ひとりだった。熱心に本を読んでいたが、判事がさしむかいの椅子を引くと、いそいそと立って迎えた。狄《ディー》判事も長身の部類だが、喬泰《チャオタイ》のほうが一寸は高い。いかにも拳法の達人らしく、広い肩幅からたくましい首にかけて鍛え上げた筋肉が盛り上がり、しまった腰回りには贅肉のかけらもない。あごひげのない端正な美貌をうれしそうにほころばせる。

「意外に早くおすみでしたね、知事閣下!」

「〝知事閣下〟は禁句だぞ!」狄《ディー》判事がたしなめる。「微行なんだ、忘れるな!」

椅子にのせておいた衣類の包みを床におろして腰かけると、手を叩いて給仕を呼び、茶瓶のおかわりを言いつけた。

すると、さほど遠からぬ隅の席に埋もれていたやせっぽちが顔を上げた。見る者に不快感を覚えさせるほど、すさみきった顔だ。あごから右眼にかけて、すっと入った古傷が唇をひん曲げ、のべつせせら笑っているように見える。

ぴくつく頬を蜘蛛のように指の長い手で抑えようとし、判事たちのやりとりを聞こうと骨ばった肘を両方とも卓上について身を乗り出す。だが、周囲の雑談にまぎれて聞こえない。がっかりしてあきらめ、たちの悪そうな片眼でじろじろふたりを品定めにかかった。

あたりを見回した喬泰《チャオタイ》がそいつに気づいてあわてて眼をそらし、声をひそめた。

「おれの後ろの隅っこに、ひとりでいるやつですが。薄気味悪いですよ、なんというか脱皮したての虫みたいで!」

狄《ディー》判事が目をやる。

「そうだな、あまりいい印象は受けん。ところで、読んでいるそれは何だね?」

「威炳《ウエイピン》の案内書ですよ、給仕に借りました。道中の息抜きをここでされるなんて、最高の名案でしたよ！」と言いながら、読みさした箇所を示す。「ほら、これです。関帝廟にはいにしえの名匠の手になる等身大の古代名将像が十二体もあるそうです。それにりっぱな温泉もありまして——」

「そういうのはさっき、知事の副官にひととおり教えてもらってきた」判事が笑いながらさえぎる。「いろいろ観光しがいがありそうだ」

茶を飲んで、さらに、「ご同役の滕《トン》にはちと拍子抜けしたが。あれほど名高い詩人だ、さぞ生き生きした話題豊富な人だろうと思っていたらあにはからんや、なんだか年寄りじみた、口うるさいでくのぼうらしい。具合が悪いし、悩みごとを抱えているようだ」

「まあ、やっぱり変でしょうねえ」と、喬泰《チャオタイ》。「奥方ひとりだけなんでしょう？　あの地位身分で、おかしいですよ」

「言い過ぎだぞ」判事がたしなめた。「滕《トン》知事夫妻は仲睦まじい。輿入れから八年しても子ができないのに、知事の方では第二夫人や妾など思いもよらない。都の文人仲間から〝無窮の比翼連理〟の異名をとるほどだ——ま、やっかみまじりだろう。銀蓮夫人も閨秀詩人の文名高いし、共通の関心事があるだけに絆も固いんだよ」

「そりゃまあ、ごたいそうな閨秀詩人かしれませんが」喬《チャオ》泰《タイ》が述べる。「ご亭主としちゃ、閨《ねや》の飾りといったらぴちぴちした娘二、三人の方がやっぱりいいんじゃないでしょうかねえ。いわゆる回春の妙薬ってやつで」

その言葉をよそに、狄《ディー》判事のほうは隣席のやりとりに耳をすましていた。二重あごのでぶがこう述べる。

「言わせてもらうがね、けさの公判じゃあ、知事さまはやっぱり下手《へた》を打ったね。なんでまた、葛《コウ》じいさんの自殺をがんとして受理せんのかなあ？」

「そりゃあ、だってさ」さしむかいの相手はぎすぎすの狐顔だ。「かんじんの死体《ほとけ》があがらんのだから！　死体がないんじゃ受理しようもないだろ！　お役所ってそういうもんだろうが！」

「なくて当たり前だろうが！」でぶがつっかかる。「だって身投げだろ？　あすこの河はちょっとないくらい流れが急なんだよ。山の手の高台で、かなりの急勾配なんだから、だいぶ流されてっちまったのを忘れてもらっちゃ困るね。なにも知事さまの力量をとやかく言うんじゃないんだよ、ここ最近の何人かじゃ上々の部類に入るんだから。だがね、これだけは言える。月々のみいりが保証された官人さまにゃ、金の工面にあくせくするこちとら商売人の気持ちなんか、しょせんはわかっちゃもらえないのさ。葛《コウ》の自殺がおおやけに登録されない限り、両替商のほうでも取引にけりがつけられん。葛《コウ》じいさんにゃ、決済がまだの取引があっちもこっちも残ってるんだ。お上がぐずぐずすればするほど遺族の負債はふくらむ一方だよ」

　したり顔でうなずいた相手が、こう尋ねた。

「葛《コウ》の自殺した理由だがね、あんた、なにか心当たりは？　まさか金詰まりじゃないよね？」

「ないないない！」でぶが頭から打ち消す。「州きっての絹物屋なんだ、景気はまずまずだろ。だがねえ、最近になって具合が悪い悪いともらしてたから、そいつを苦にしたんじゃないかなあ。そら、葉茶屋をやってた王《ワン》を覚えてるだろ。去年に自殺したじゃないか。あいつもしょっちゅう頭が痛いとこぼしてた」

　そこで狄《ディー》判事の興味はうせ、茶のおかわりを注いだ。同じくそちらのやりとりを聞いていた喬泰《チャオタイ》がうんと声をひそめる。

「閣下、ご休暇中なのをどうかお忘れなく。ここの水死体はご同役滕《トン》さまの縄張りですよ、お手出し無用です」

「まったくだな、喬泰《チャオタイ》。ところで、その案内書に宝石屋は載っているかな。安物でいいから、平来《ポンライ》の家内らへ土産を買ってってやらんと」

「何軒もありますよ」急いで本をめくり、その箇所を見せる。判事がうなずいた。

「結構。物色先には事欠かんわけだ」席を立って給仕を呼ぶ。「さ、行こう。いい宿を教えてもらった、ここからわりと近いんだ」

　勘定をすませておもてに出ていくと、今度はあの異相の男がつと腰を上げる。今しがたまでの卓にすっと寄っていき、さきほどの案内書を何食わぬふうで取り上げて開けっぱなしの箇所を一瞥、片方だけの眼をちろりと光らせた。本をうっちゃってあたふた露台をあとにする。そして、判事と喬泰《チャオタイ》がちょっと行ったあたりで足を止め、露天商に道を尋ねる姿を視野にとらえた。

2

主従は杖《じょう》で火花を散らし
痛くもない腹を探られる

　飛鶴館は、まちに数ある高台のひとつからふもとまでにぎわう通りの坂下にあった。はなばなしい大きな酒屋のすぐ隣に、じみな門構えがひっそりたたずむ。

　だが、いったん中へ通れば思いのほか広い。りっぱな帳場に恰幅のいいおやじがでんとおさまり、男二人をじろじろ品定めしながら分厚い宿帳を押してよこし、姓名職業・年齢はおろか本籍地まで書けという。

　筆に墨をつけながら、狄《ディー》判事が驚いてたずねた。「防犯のためか？」普通は、書くとしても姓名職業どまりだ。

「縁起でもない！」あからさまにむっとした亭主が、お次の喬泰《チャオタイ》へと宿帳を押しやりながら偉そうに構える。「うちはなんしろ評判いいんでね、客種はようく選んでるんです！」

「倅の種を選べなくて、お袋さんには痛恨のたねだったな！」喬泰《チャオタイ》は衣類包みの荷をいったん床に置いて、筆をとった。さきに判事の筆で、「沈墨《シェンモウ》、周旋屋、太原本籍三十四歳」と書き入れがある。その横に、「周大《チョウダー》、沈《シェン》家手代、都本籍三十歳」と書き殴った。

前払いで三日分の宿代を渡し、こざっぱりした給仕に案内されて、飾りけはないかわり、ちりひとつおちていない客室に通された。奥まった第三院子だから、おもての喧噪も聞こえない。

喬泰《チャオタイ》が裏戸を開けると、大理石の甃《いしだたみ》を敷きつめた院《なか》子《にわ》に出た。室内にとって返すと、給仕が卓に置いていったばかりの茶瓶に顔をしかめてみせる。

「お茶ならさっき飲みましたし、すぐそこは平らな甃《いしだたみ》で足もとがいいです。ちょっと手足をほぐしがてら、杖《じょう》の稽古でもどうでしょう？　すんだらひと風呂浴びて出かけ、どこぞの食いもの屋で土地の名菜でも試してみましょう」

「妙案だ！　けさは釆府《ピアンフー》を出てから馬に乗りづめで、脚がすっかりこわばってしまったよ」

さっそくふたりとも上を脱いで騎馬ずぼんひとつになり、狄《ディー》判事は長いあごひげを背後にふりわけてうなじで束ねる。めいめい帽子をぽいと卓上に投げて、院子に出た。

喬泰《チャオタイ》が手近な馬丁を大声で呼び、稽古用の杖を二本調達した。

拳や剣なら判事はかなりできる。が、杖術は喬泰《チャオタイ》について最近始めたばかりだ。士大夫の心得にはふさわしからずとされ、もっぱら街道稼ぎや山賊の得意技だからだ。だが、いい運動になるとわかって以来、すこぶる気に入っている。喬泰《チャオタイ》は日焼けした広い胸板や長くたくましい腕についた無数の傷跡が物語るように、前歴が追いはぎだったせいで、杖を遣わせたら達人だ。

一年前のこと、人通りのない街道で、喬泰《チャオタイ》と義兄弟の馬《マー》栄《ロン》は、初任地の平来《ポンライ》に向かう途中の判事を襲った。しかしながらふたりとも、判事の強い人柄と風格に打たれて即座に足を洗い、以後は副官として陰ひなたなく仕えてきた。

あれから一年たつ。凶悪犯捕縛などの難しい山場では、このこわもて両名が大活躍してくれた。じっさいのところ格式の点で政庁副官としてはまだまだだが、判事としては大目に見るというより、裏表のない率直さを内心ではむしろ歓迎していたぐらいだ。

「ここで試合しても、おやじに何か言われる気づかいはないと思うことにする」立ち会いの構えをとるかたわら、判事が言う。

「ひとことでも言いやがったら、あの面を太鼓腹にめりこませてやりますよ！」喬泰《チャオタイ》がやる気まんまんでいきまく。

「そうすりゃあいつめ、てめえのへその穴から地べたが拝めますからね。そら、逆手打ちに気をつけて！」と言いざま、判事の頭をねらって鋭く打ちこむ。

わずかに身をよけた狄《ディー》判事が床すれすれに喬泰《チャオタイ》のくるぶしを薙《な》ぐ。だが、喬泰《チャオタイ》は重量級の大男に似合わぬしなやかな身ごなしでかるがると跳躍、間髪いれず判事の胸もとに突きをくりだし、巧みに払いのけられた。

しばらくは、かんかんと音高く杖の打ち合う音や、ふたりの荒い息だけが響いていた。が、そのうち馬丁や給仕らが数名ばかり見物にやってきた。ただの見世物にみんなすっかり気を取られ、裏戸がそうっと細目に開いたのにも気づかない。そのすきまから容貌醜怪なやせっぽちが、片方だけの眼をぎらつかせて打ち合うふたりをにらんでいる。しばし、痩せさらばえたみっともない体を背後の暗がりに溶け込ませて見ていたが、やがて身を引き、音もなく戸を閉めた。

稽古を終えると、ふたりとも上半身に水を浴びたようになった。喬泰《チャオタイ》が馬丁に杖を投げ返しついでに、浴室へ案内させる。

風通しのいい大浴場で、他のお客は見あたらない。

大浴場で汗を流す

大きな風呂桶ふたつとも、皮をはいで磨いただけの松丸太を浴槽べりにあしらっていた。壁も同素材なので、浴室中にすがすがしい森の香りがみちている。床は大ぶりの黒磚《タイル》張りだった。

下帯ひとつのたくましい三助が、めいめいのずぼんを受け取って脱衣棚にかけ、木灰の混ざった小さな糠袋と熱い湯をなみなみ汲んだ手桶を各人に渡してくれた。

狄《ディー》判事と喬泰《チャオタイ》が糠袋を使うと、手桶で流してやりながら、三助が話しかけた。

「その湯舟は最高ですよ。なんしろ、この宿屋が建つ岩盤をくりぬいた一枚岩ですからねえ。源泉はその下から湧いてます。お足もとに気をつけて——左隅の岩が熱いんです、火傷しますよ」

両名とも丸太をまたいで浴槽につかった。三助が引き戸を開けて外の壺庭を見せてくれ、緑に茂る芭蕉をめでながら、のんびりゆったり湯を満喫する。いい具合にあったまったところで低い竹の縁台に腰をおろして三助に肩をもんでもらい、体を拭かせた。湯上りに汗とりの麻かたびらを支給されて素肌にはおり、すっかり生き返ったような気分で、連れだって部屋にひきあげる。

室内で長衣に着替え、腰をおろしてさて一服という矢先に戸が開き、片眼のやせっぽちが入りこんできた。

「さっきの茶館にいたごろつきじゃないか！」喬泰《チャオタイ》が大声をあげる。

その醜貌に辟易した狄《ディー》判事が、きつくとがめる。「あらかじめ戸を叩いて入るのが普通だろう。で、なんの用だ？」

「ちょっと話があるんだ、ええと……沈《シエン》さん」

「おまえさん、稼業はなんだ？」判事がたずねた。こいつはさっぱり得体が知れない。

「ご同業だよ！　本職の泥棒さ」

「叩き出しますか？」喬泰《チャオタイ》が怒る。

「待て待て！」好奇心がわいて、判事がおしとどめる。

「名を知っているなら、周旋屋だというのも承知のはずじゃないか？」

向こうはばかにして、へへっと笑う。

「あんたらの正体をずばり当ててやろうか？」

「おお、ぜひとも！」判事がきげんよく応じる。

「包み隠さず言ってもいいかい？」片眼が念を押す。

「むろんだとも！」狄判事《ディー》が述べた。こいつめ、ずいぶん面白そうなやつじゃないか。

「まず、そのあごひげやら、したり顔からすると政庁くさいな。腕っぷしが強そうだから、きっと巡査長くずれだ。無実のやつを拷問で殺しちまったとか、公金をくすねた、それとも両方かな。とにかくやばくなって逃げてるさなかだ。相棒はむろん正真正銘《ものほん》の追剝だろ、組んで稼いでるわけだ。あんたがまじめな顔して立て板に水でしゃべりかけ、すきだらけの旅人と道連れになったところへ相棒が出てきて一撃って寸法か。で、もっと大きなやまを踏もうと、このまちの宝石屋を荒らしにきた。だがな、田吾作のてめえらにひとこと言っとくよ。このまちじゃどこ行ったって歯が立つまいよ。そんなお粗末な化けの皮じゃ、がきにだって見破られちまわあ！」

喬泰《チャオタイ》が色をなして立ちかけたが、判事が手で制した。

「こいつ、なかなか味なことを！　このまちで盗みをはたらく気などと、どこから思いついた？」

醜怪なやつがため息をつく。「まあいいや！」ことさら大仰に辛抱するふうを装う。「見返りなしで教えてやらあ！　そっちのあんたが午過ぎに茶館に入ってきたとたん、むろん街道荒らしだとひとめでわかったさ。がたいやら身ごなしで、片眼でもお見通しよ。事のついでに言っちまうと、大もとはおそらく軍の脱走兵だろ。肩のつっぱりぐあいなんか、いかにも兵隊っぽいぜ。で、あとから追っかけてあんたが来た。ぱっと見、政庁の吏員くずれかなとも思ったが、あとで見りゃ杖の遣い手じゃねえか――あんなんでぼろを出すたあ、めでてえにもほどがあるぜ、まったく！――なかなかどうして手ごわそうだ。ただ、ちっとも日焼けしてねえ。どじふんだ巡査長とみたのは、だからよ。

まったくよう、おのぼり丸出しでまちの案内書なんか首っぴきしやがって、ふたりして宝石屋のくだりでやにさがってちゃ世話ねえや。どうだ、てめえらの青さかげんがわかったか！　それにしたって、そのむさいひげだけは意味わかんねえな。おおかた、知事あたりの猿まねかよ！」

「とたんに面白みがうせたな！」狄《ディー》判事は動じるふうもなく、喬泰《チャオタイ》に命じた。「放り出せ！」

　喬泰《チャオタイ》が席を蹴る。が、やせっぽちはいちはやく身をひるがえして戸口を抜け、喬泰《チャオタイ》のすぐ鼻先に叩きつけた。扉の鏡板でしたたか頭を打った喬泰《チャオタイ》が本気で怒り、悪態まじりに戸を開ける。「あの犬畜生め、ふん捕まえてやる！」

「そこまで！」狄《ディー》判事が声をかけた。「いいから戻れ！　ここで騒ぎはまずい！」

　怒りさめやらぬ喬泰《チャオタイ》がおでこをなでつつ腰をおろす。と、判事は笑いをこらえてこう続けた。

「あの高飛車な悪党のおかげで、司直たるものの大事な心得をはしなくも思い出させてもらった。自己の推理推論にこだわるというのは、犯すべからざる危険だよ。あやつはなかなか血の巡りがいいし、見方もうがっている。われわれの素姓に見当をつけるまではすらすらやってのけた。ところがだ、初めにたてた筋書に新しい事実をあてはめていくだけで、事実に合わせて筋書を修正したり再検討したりが全くない。ここで人目をはばからず杖術を稽古していたのも、現在の立場にみじんもやましい点がなく、したがって疑われる可能性にも頓着しないでいられるのだと当然気づいてもよさそうなものだが。ま、人のことをかれこれ言うのは控えよう。かくいう私だって、平来《ポンライ》の黄金殺人事件（『東方の黄金』参照）ではそっくり同じへまをしたんだからな！」

「あいつめ、茶館からつけてきたんですよ！　どういうわけでこっちに目をつけたんでしょうか？　まさかとは思いますが、ゆすりのかもにする気だとか？」

「いや、その線はあるまいな」狄《ディー》判事が答える。「私のにらんだところでは頭で勝負するたちで、暴力ざたは平にごめんこうむるという口だろう。まあ、もう二度と会うこともなかろう！　ところで、いま茶館の話が出たおかげで、あそこの露台席で小耳にはさんだ話を思い出した。葛《コウ》とかいう絹物屋がうろんな自殺をとげたとか、覚えてるか？　ひとつ、政庁まで出向いて事情を仕入れるとするか。午後公判もそろそろ開廷のころあいだしな」

「閣下、だから今は休暇中じゃないですか！」喬泰《チャオタイ》がとがめる。

「いや、それはそうなんだが！」狄《ディー》判事が苦笑いする。「ただ、本音を言うと、向こうにけどられずに滕《トン》知事をあらためて見直したい。さらにだ、すでに何度も開廷した経験者として、判事席の向かい側の視点で、お決まりの手順を見直してみたいという気持ちもある。おまえにもきっと得るものがあるだろうよ！　さっそく出かけるぞ！」

帳場では、あのでぶおやじが商人四人連れの出立精算に追われ、目に流れこむ汗を白鉢巻でせきとめて必死にそろばんをはじいていた。が、そんな中でも、通りすがりの判事にこう釘をさすゆとりはあった。

「武術のお稽古でしたら関帝廟裏に専用の空き地がございますよ、沈《シェン》さま！」

「そりゃどうも」判事の方はどこ吹く風だ。「でも、ここのほうが具合がいいな」

おもての通りへ出た。

連れだってのんびり歩く。暑さが多少和らいで、ずいぶんな人出だ。とはいえ、政庁前の広場を横切ってみれば正面の石門付近には誰もいない。もう開廷し、傍聴人はとうに入場したあととみえる。

開廷を告げる大銅鑼をつるした半円の石門をくぐった。門衛四人が並んで腰をおろしていたが、判事たちには目もくれない。

無人の正院子をふたりであたふた走り抜け、薄暗い法廷内に入る。うんと奥からだらだらした陳述を棒読みする声が聞こえた。敷居を入ってすぐにしばしたたずみ、暗がりに目を慣らす。

すし詰めの頭越しに見れば、はるか奥の壇上に、赤布をかけた判事席をしつらえてある。奥に威儀を正しておさまった滕《トン》知事はきらめく緑錦の官袍に、両翼の張りだした黒い判事帽をいただく。目の前の書類を一心不乱に見ながら、貧弱なあごひげをゆっくりしごいていた。

その席のかたわらに拱手して立つのが潘《パン》副官だった。そして判事席の両側にそれぞれ低い机をすえ、右手の机についた上級書記らしいごま塩頭が公文書を読み上げている。濃い紫に正義の象徴獬豸《かいち》を金刺繍した、みごとな緞帳が奥の壁面いっぱいにかかっている。

判事は人ごみをかきわけて中に進んだ。

背伸びしてみれば、判事席の手前に居並ぶ巡査四名が鉄鎖や梶棒や指責めなど、身の毛もよだつ七つ道具を構えている。血も涙もない顔の輪郭にざんばらひげを立てた固太りの巡査長は、やや離れたあたりで重い鞭をいじっている。

政庁内すべてがごたぶんにもれず、お上の権威と、かかわり合えばどうなるかを民の目に焼きつけるための道具立てだ。ひとたびそこにひきだされれば、老若貧富はては原告被告のわけへだてなく判事席の御前で冷たい石の床にひざをつかされ、巡査たちにどなりつけられ、判事のお声がかりでもあろうものならたちまち容赦なく打ちすえられる。だれであろうと御前に出てきたら、身の潔白がたしかに立つまでは一律に被疑者扱いが律令の鉄則だからだ。

「よかった、さほど見逃してはおらん」狄《ディー》判事が喬泰《チャオタイ》に耳打ちする。「商人か職人の同業組合で更新した定款を書記が読み上げている。それももう終盤だよ」

じきに書記の声がやみ、知事が顔を上げて述べた。

「鍛冶同業組合の提議を受けた定款の新条文は、当法廷にて以上の通り修正した。異議ある者は?」

と、傍聴席をひとわたり見回すので、狄《ディー》判事はあわてて首をちぢめた。

異議がないのでさらに、「では、新定款は当法廷にて承認の上、発効とする」

硬く細長い板を机に打ちつけて鳴らす。この板には、警堂木というなかなか含みのある名がついている。

そこへ、でっぷりと腹のせりだした中年男が御前に進み出てひざまずいた。近親者を亡くしたことを示す白い喪服を着ている。

「もっと前へ出んか！」巡査長がすごむ。

男は言われた通り膝行した。狄《ディー》判事が隣の男を肘でつつく。

「誰だね、あれは？」

「知らんのか？　両替商の冷呈《ロンチエン》だよ。ゆうべ自殺した絹物屋・葛基元《コウチーユアン》じいさんと組んで商売してるのさ」

「なるほどね。で、誰が亡くなったんだね？」

「ええっ、ひとつも知らないんだ？　もちろん弟さ、有名画家の冷徳《ロンデ》だよ。二週間ほど前に逝っちまったんだ。なんしろ肺病わずらいが長かったからねえ」

狄《ディー》判事は相槌を打ち、あらためて冷呈《ロンチエン》の口上に耳をすました。

「けさがたのご命令通り河さらいを続け、遺体を探しに探して下流へ半里ほど参りました。しかしながら、回収かなったのは故人の繻子《しゅす》帽のみにとどまっております。葛《コウ》一族のためにも故人の取引清算にかかりたく、僭越ながらけさがた公判でいたしました請願を再度繰り返させていただきます。どうか死亡届を公式受理の上、てまえに故人の代理人として文書の署名権限をお許しくださいますように。取引がいくつも塩漬け状態では、ただちに処理にかかりませんと、裏目に出れば家産に甚大な損害を与えかねません」

滕《トン》知事が難しい顔をする。

「それには正規手順を踏まないではすまされん。お上の認めた検死役人による検死のない自殺登記は法ではっきり禁じられておる」しばし考えたのち、さらに追及した。「けさがたは、かいつまんでことの概要を述べただけだ。起きた一部始終をあらためて詳しく述べて見よ。そのときどきの事情での特別扱いなどは断じてありえんが、故人葛《コウ》氏の取引が広範囲に影響を及ぼすという事情を忘れたわけではない。だから、律令の許す範囲内で可能な限り前倒しに処理するというのなら、まったく異存はない」

冷呈《ロンチエン》の訴えを聞く滕《トン》知事

「てまえといたしましては」冷《ロン》はつつしんで述べた。「閣下の行き届いたご配慮、感謝にたえません。あの悲劇が出《しゅっ》来《たい》しましたのは昨夜の夕食会で、開いたのもほんの思いつきです。葛《コウ》老人は南郊外に避暑用山荘を建てるに先立ち、高名な易者卞洪《ピアンホン》に土木始めの吉日をひと月前に占ってもらいました。葛《コウ》の星回りをみた上での卦によると、葛《コウ》にとっては今月十五日つまり昨日が命にかかわるほどの厄日だと注意されたとか。うろたえた葛《コウ》さんがもっと詳しくと食い下がったのですが、危険はごく身近にある、正午がいちばん危ないとしか教えてもらえませんでした。

もとが小心な葛《コウ》さんはこの予言を気に病むあまり、胃病がぶり返してしまいました。問題の厄日が迫るにつれて食事も喉を通らず、腹痛止めの薬に頼らずにはいられないというありさまです。てまえとしても気づかわれてならず、昨日は午前中いっぱい葛《コウ》家の執事と使いをやりとりしておりました。それによると、午前中は不安がって邸内から一歩も出ようとせず、庭を歩くのも嫌がったそうです。ですが、昼を過ぎて執事がよこした使いは、主人の機嫌がぐっとよくなったと申します。いちばん危い正午をさしたることなくやりすごせて、ほっとしたようでした。それでこのさい気分転換に、お友達の二、三人も招いてお夕食でもなさったらと、葛《コウ》の奥方が上手に仕向けたという次第です。てまえのほかには、閣下の副官をなさる潘游徳《パンユーデ》さんと絹物商同業組合長が招かれておりました。

夕食会の席は葛《コウ》邸の庭はずれで、眼下に河を望むささやかな築山の亭《あずまや》にしつらえてありました。初めのうちは葛《コウ》さんも上機嫌で、いくら卞洪《ピアンホン》先生だって外れるときゃ外れるんだよ、などと茶化し半分の物言いでした。ところが中盤あたりでいきなり青ざめ、ひどいさしこみが来そうだと申します。てまえが気のせいだろうと冷やかすと、とたんにへそを曲げて一座まとめて薄情者呼ばわりし、家へ薬を取りに戻るなどとぶつぶつ言いながら、ぷいっと中座してしまいました」

「家から亭まではどれほど離れている？」滕《トン》知事が口をは

さむ。

「庭そのものはたいへん広いとは申せ、低い植えこみばかりでございますから、母屋の端から端までついた大理石の露台が、庭ごしに亭からもよく見渡せます。まもなく葛《コウ》さんがひょっこり出てきたのは、月明かりのその露台でした。額がぱっくり割れて血を流し、顔いちめん血まみれです。つんざくような悲鳴を上げ、半狂乱のていで庭に降りてくるや、亭めがけていちもくさんに小道を走って参ります。こなたは三人ともぎょっとして口もきけずに座りこみ、走ってくる姿を見つめるばかりです。すると、道の途中であらぬ方にそれ、青草を蹴散らして大理石の欄干に駆け寄り、またぎ越えて河に身を投げました」

そこで両替商は言葉をつまらせた。

「母屋の方では何があった?」と知事がたずねた。

「実にいい点をつく!」狄《ディー》判事が喬泰《チャオタイ》を相手に評した。「核心にいたる道はそこだ!」

「葛《コウ》の奥方によると」冷《ロン》が答えた。「ひどい取り乱しようで自分の寝間に来たとか。露台から狭い廊下づたいに一丈（約三・三メートル）ほどひっこんだ場所です。痛みがひどくなってきた、なのに、みんなそろいもそろって薄情で、ちっとも思いやりがないなどとまくしたてるので、ひとしきりなだめてから女棟へ薬を取りに参りました。戻ってみれば、主人はすっかり頭に血をのぼらせてじだんだを踏む始末です。そして薬をはねつけたあげく、ぷいっと露台へ出て行きました。それが見納めです。おそらくは、廊下から露台へと走り出るはずみに、戸口の鴨居にでも頭をぶつけたのではないかと。廊下の天井はだいぶ低いので。奥方の要望で、寝室からじかに露台に出る廊下をあとからこしらえたのです。ずっと神経をすりへらしていたところへ、ぶつけた衝撃で完全に正気をなくし、自殺に踏み切ったのではないでしょうか」

その時まで、なにがなしに耳だけ貸していた感じの滕《トン》知事がやおら本腰を入れ、かたわらの副官をかえりみた。

「おまえもその場に居合わせたからには、当然その廊下を調べたんだろうな？」

「はい、さようで、閣下」潘《パン》はうやうやしく答えた。「露台への出口には、床にも鴨居にも血は見当たりませんでした」

「河べりの欄干の高さは？」滕《トン》が両替商をただす。

「わずか三尺（約一メートル）でございます、閣下。葛《コウ》さんには、危ないからもっと高くしろ、いい気分で琥珀色を過ごした客が落ちても知らないぞ、と口を酸っぱくして何度も勧めたのですが。欄干のさきは一丈以上もあろうかという断崖から、いきなり河面です。それなのに故人ときたら、庭から絶景を見ようというのでわざわざ低くさせたんだよ、などと申す始末で」

「亭のきざはしは何段あり、素材は何か？」滕《トン》がさらに問う。

「三段です、閣下。大理石に彫り飾りを施しております」

「故人が河に落ちるさまを、はっきり見届けたのか？」

冷《ロン》が口ごもり、しぶしぶ述べた。

「ちょうど植え込みにさえぎられまして、事情を悟るよりさきに姿が見えなくなって、てっきり……」

滕《トン》がずいと身をのりだしてたたみかける。

「葛《コウ》さんが自殺したと思ったわけは？」

「うまい！」狄《ディー》判事が喬泰《チャオタイ》に耳打ちする。「ご同役は的確に急所をついておる！」

「じいさん、河に飛び込んだんでしょう？」喬泰《チャオタイ》がぶつくさ言う。「まさか、年寄りの冷や水ってわけないじゃあり……」

「しっ、静かに聞かんか！」判事がたしなめる。

ふいにそう訊かれて混乱したらしく、両替商がしどろもどろになる。

「てまえは……その、つまり、一同で……現に起きたのを見たので……」

「血まみれになった葛《コウ》さんの顔は」そこで滕《トン》がさえぎる。

「たしかにその目で見た事実だ。初めのうちは亭めざしてまっすぐ走ってきたのに、ぷいと欄干へ向きを変えたという点もそうだ。流れる血が目に入ったせいで白い欄干を亭の白いきざはしと見間違えたのでは、ということに思い至らなかったのか？　それに欄干をまたぎ越えたのでなく、ぶつかった拍子にもんどりうって転げ落ちたのでは、というのはどうだ？」一言もない冷《ロン》に、重ねて申し渡す。「これではっきりしたように、葛《コウ》さん死去の事情は明白とはとうてい言いがたい。よって、当法廷は暫定措置として、自殺というより事故死であるというとらえ方をする。故人が頭に傷を負ったいきさつについても、ただいまの冷《ロン》さんの説明では納得しかねる。そういった事実解明を抜きにしての死亡届は受理しがたい」

そこで警堂木を鳴らして閉廷を宣した。

判事席を立ち、潘《パン》がかかげた獬豸《かいち》の緞帳をくぐって、しきたりどおり法廷のすぐ裏手にしつらえた執務室に出ていく。

「そら、退廷だ！」巡査長が傍聴席をどなりつける。

狄《ディー》判事と喬泰《チャオタイ》は人混みにまじって出口に向かった。判事が言う。

「一から十まで滕《トン》さんの言うことはもっともだ。今のところ使える証拠はどれもこれも、自殺とも事故死ともとれるものばかりだよ。なのに、あの両替商が自殺とすぐ思いついたのはなぜか？　それに、母屋で実際には何があったんだろうか」

「滕《トン》知事さまには、歯ごたえのある結構な謎ができましたねえ！」喬泰《チャオタイ》が活気づく。「さあてと、ここらで名菜賞味とまいりましょうか？」

3

ひょんな事件で足がつく
土地《ところ》の料理に舌鼓を打ち

にぎやかな市場の雑踏を縫い、小体だがよさそうな飯屋の店先で足を止めた。軒下にずらりとさげた派手な色ちょうちんには〈四海聚通荘〉と、大上段に振りかぶった店名がついている。

「ここならば、はずれも引くまい！」狄《ディー》判事が笑顔で太鼓判を押す。こぎれいな藍木綿の垂れ布をはねて入れば、葱を炒めるおいしそうな香りがたまらない。

豚肉をこんがり焼いたのに漬物の盛り合わせと飯、いずれもすこぶるつきのうまいものが出てきた。強い地酒をちびちびやりながら州都で奔走したあれこれや、平来《ポンライ》で過ごしたこの一年をこもごもに語り合う。そこを出るころには狄《ディー》判事の物思いも晴れ、のんびり連れだっていい気分で宿にひきあげた。途中でにぎやかに灯をともした商店街をあちこち冷やかしては、行商人がここぞとばかりに売り込む特産品を物色したり、はたまた値段をめぐって丁々発止と火花を散らす売り手と買い手のかけひきに耳をそばだてる。

そうして歩いているうち、ふと気づけば喬泰《チャオタイ》の口数がめっきり減っている。「どうした、気分でも悪いのか？　さっきの店で食あたりでもしたか？」

「つけられてます！」喬泰《チャオタイ》が声をひそめる。

「いったい何者だ？」狄《ディー》判事が耳を疑う。「そいつらの姿を見たか？」

「いえ、ですが、そっち方面には勘が働くんです。外れたことは今までありません。このまま歩きましょう。ちょいと誘い水を向けて、誰のしわざか正体をつきとめてやります」

早足になった喬泰《チャオタイ》が人のまばらな脇道に折れてすぐ止まり、とある民家の暗い軒先に判事を引きこんで隠れた。そうやって身をひそめながら通行人のようすをうかがう。が、見覚えのある顔はひとつもないし、こっちを探す気配もうかがえない。

またふたりで歩きだしたが、なるべく人通りのない暗い路地を通るようにした。

「無駄ですね」とある細道で喬泰《チャオタイ》が述べた。「誰であれ、こういうことに慣れてます。閣下は宿に戻られんとまずいでしょう。あの先で、屋台の店先にむらがって道をふさいでる乞食どもが見えますか？　通り抜けるとみせかけておれはあいつらにまぎれます、急いであの角を曲ってください。では、宿でまた。あのむさい犬どもをしょっぴいて戻りますよ！」

うなずいた狄《ディー》判事が屋台前にたむろするぼろぼろの乞食どもをかきわけて行くと、ふいに喬泰《チャオタイ》が姿を消した。判事のほうはするりと角を折れ、にぎやかな通りめざして横丁から横丁へとつづら折りに走り抜ける。また表通りに出たところで宿への道順を尋ね、あっさり戻ってきた。

給仕が届けたお茶と蠟燭二本を小卓にのせ、自分もそちらに腰をおろす。いれたての熱いお茶をすすりながらあらためて考えるに、何者かにことさら目をつけられたなどとはにわかに信じがたい。だが、喬泰《チャオタイ》はその方面ではそつがないし、むろん自分があずかる平来《ポンライ》県では、無頼のいくたりかに恨みをかってはいる。だが、たとえそのなかに知事の命を狙うなどという危ない橋を渡るやつが出たとして、この威炳《ウェイビン》で道草するとどうやって知った？　州都での最終日にひょっこり思いついたのに。さもなくば、平来《ポンライ》の無頼どもの仲間が当地にいるとか？　長いあごひげをしごいて考えこむ。

そこへ戸を叩く音がして喬泰《チャオタイ》が入ってくると、汗だくの額をふきながらがっかりする。

「また逃げられましたよ！　誰だと思われます？　昼すぎに来やがったあのけちな三下です！　人目をしのんで誰か

をきょろきょろ探して通りかかるところを見かけました。おれのほうはあの乞食どもの前に出て、屋台の糟酒を飲んでたとこで。わきの連中を押しのけて、つかまえに出てやろうとしてたら、いちはやく気づかれちまいまして、脱兎も顔負けの逃げ足でした！　すぐ追っかけたんですが、もうどこへ行ったかわからなくって！」

「なかなか捕まらんなあ。それにしても、なんのつもりだか。もしかして以前に見た顔かな、平来《ポンライ》か州都で？」

喬泰《チャオタイ》はかぶりを振り、判事にすすめられて自分も腰かけながら答えた。

「あれほど不細工な鼻を見たことがあったら、忘れようったって絶対無理ですよ！　ですがご心配いりません、もう相手の面はきっちり割れました。ご一緒に外出すれば、またぞろつけようとするに決まってますし、そこを狙って取り押さえてやります。ところで閣下、ご同役の滕《トン》さんに、また悩みのたねが増えましたよ！　女が殺されたんです！」

「なにっ？」判事が驚く。「目撃したのか？」

「そうじゃありませんが、殺しに相違ありません。今のところその件を知ってるのは、乞食のじいさんとおれだけです！」

「すべて話せ！」判事がぶっきらぼうに命じる。「どういう次第だ？　すぐさま滕《トン》の耳に入れねばなるまい」

「持ちつ持たれつですからね」喬泰《チャオタイ》が相槌を打ち、自分の茶碗に注いでから話しだした。「事情はこうです。あの枯木野郎が姿をくらましたので、勘定をすまそうと屋台へとって返しました。そっちをすませてきびすを返したとたんに乞食じいさんがすり寄ってきて、あんたよそもんだろ？と、こうです。だったらなんだと言い返すと脇にひっぱって行かれて、うんと勉強するから貴金属の掘り出しもんはどうかね、ともちかけます。ものを確かめたって罰は当たらんなと思い、あとについて角を折れたもぐり医者の門前に行きました。そこの門口につるした灯明かりで見せられたのが、りっぱな耳環と金の腕輪が一組ずつで、即金なら銀一粒にまけとくってんですから。それでてっきり、じじいめが小間物をちょろまかしたに違いないと早合点し、先にこっちか、それともじかに政庁かとしょっぴく先を決めかねてましたら、二の足踏んでんじゃねえかと向こうに勘違いされまして。『心配いらねえよ、持ち主に因縁なんかつけられっこねえ。北門そばの沼地で死んでた女から取ってきたんでね。おいらのほかはだあれも知りやしねえ』と、こうです。ひととおり吐かせました話によると、やつは沼地はずれの藪んなかにちょいちょい泊るんだそうです。で、今夜も行ってみたら、まだ若い部類の女が死んでたと。上等な錦の外套姿でその藪に半ばつっこんであり、胸もとに短剣の柄がつきでてて完全に息絶えてました。袖を探っても金はなし、かわりに耳環をちぎりとり、腕輪をはずして持ち逃げしました。夜でもあり、人の来ない場所ですから周囲に人影はありません。それでですね、乞食同業組合では、拾い物や盗品はすべて当地の裏社会を束ねる親分で、伍長って通り名の無頼に渡した上で分け前をもらうきまりです。じじいとしちゃ、こんな上物の盗品をほいほい巻き上げられるのも癪で、伍長にばれる気づかいがないよそものを探したんだと——そいつ、ずいぶんなこわもてとみえます」

「その乞食はどこにいる？　そいつまで取り逃がしたとは言わさんぞ！」

喬泰《チャオタイ》が頭をかく。「そのう、取り逃がしちゃいませんが」ちょっと恥じ入って述べた。「そいつ、餓死寸前ってありさまで、実にどうも哀れを催すじいさんでして。問い詰めて洗いざらい吐かせましたが、そいつが殺しと関係ないのは間違いないです。耳環を調べてみたら乾いた血がこびりついてましたし、死体からちぎってきたって言い分に嘘はないでしょう。あんなみじめなじいさんをお上に突き出しでもしたら、末路は言わずと知れてますよ！　巡査どもによってたかって叩っ殺されるか、よしんば放免になっても盗品を上納しなかったかどで伍長に八つ裂きにされるのがおちでしょう。あの手合いがどんなにお優しいかは、ようく知ってます！　それで銅銭ひとさしくれてやって、逃げろと言っときました。政庁に出向いてご同役にお知らせするさい、判事さまのお口から、小間物を所持していた乞食なら逃げたとおっしゃっていただければすむ話かな、と」

狄《ディー》判事は思案のおももちで副官を見た。

「むろん異例きわまるが」しばらくして口を開いた。「言いたいことはわかった。乞食じいさんふぜいが深窓の婦人のもとにもぐりこむ折などあるわけもなし、そういう婦人が外出するにしたって、供を連れて輿で行くわけだからな。周囲に人がいなかったというのも間違いなく事実だ、さもなければ死体から奪えるわけがない。その女はきっとどこか他で殺されて沼地に運ばれたんだ。こと今回に限っては、そういう措置でさしたる問題はあるまい。だがな、みだりに人助けするのも考えものだぞ、喬泰《チャオタイ》！　さあ、すぐ政庁へ行こう。滕《トン》知事にはただちに調べにかかってもらわねば」立ち上がりながら言う。「その品をちょっと見せてくれないか！」

喬泰《チャオタイ》が袖を探り、耳環とぴかぴかの腕輪一対ずつを卓上に出した。ざっと見た狄《ディー》判事が、「いい細工だ！」そのまま戸口に向かいかけてはたと足を止め、卓上にかがむと燭台を引き寄せてつぶさに調べた。小さな耳環は銀の蓮華を精巧な金線細工の台にはめ、小粒ながら極上の紅玉が六粒ずつちりばめてある。腕輪のほうは蛇をかたどった純金だ。大きな琵琶《エメラルド》の目玉が、蠟燭の灯を受けて不吉に光る。身を起こした狄《ディー》判事がその装身具を見ながら、おもむろに口ひげを引いて立ちつくす。

しばらくして、喬泰《チャオタイ》が気づかう。

「そのう、そろそろ出かけたほうがよくはないでしょうか？」

卓上の装身具を拾って袖にしまった判事が沈んだ声で述べる。

「どうやら、この件は滕《トン》知事に伏せておいたほうがよさそうだ、喬泰《チャオタイ》。今すぐには、まだ」

喬泰《チャオタイ》がびっくりする。だが、わけを訊こうとした矢先にばたんと戸が開いて、あのやせっぽちが泡を食って飛びこんでくると、こうまくしたてる。

「正体がばれちまったよ！　おれの予想より早いくらいだ！　どうかしてるよ、のこのこ政庁に行くなんて！　巡査長が帳場に来て、あんたらの部屋を尋ねてるぜ。だが、心配いらん。助けてやるからついてきな！」

怒って言い返そうとする喬泰《チャオタイ》を判事が押しとどめ、一瞬の逡巡ののち、「案内してくれ！」

男がふたりを連れ出し、あたふたと狭い回廊に引き入れた。どうやら、この宿の勝手はすっかり頭に入っているらしい。まっくらで悪臭ふんぷんたる抜け道をたどり、建てつけの悪い戸を開ければ暗い裏道だ。案内役はごみの山を器用にすり抜けていく。揚げ油の臭いがするからには、そこは宿の厨房裏だ。もう少し先で入ったべつの戸口は、隣にある大きな酒屋の裏口だった。そうぞうしい常連でにぎわう店内をかきわけて表へ出ると、迷路もどきに大小の通りを縦横に抜けて上下左右に引き回される。じきに判事は方向感覚をなくしてしまった。

やぶからぼうに泥棒が足を止める。あまりに急だったので、狄《ディー》判事がよけるいとまもなかった。

さびれた裏道の口にきていた。はるか向こうの出口にぽつんとともる灯を、案内役が指さす。

「あれが鳳棲酒楼だ、あのうちなら絶対大丈夫だよ。伍長ってやつがいる、孔山《クンシャン》の紹介だと言ってくんな。じゃ、また後で」きびすを返し、喬泰《チャオタイ》の手を上手にかいくぐって闇に消えた。

4

鳳凰のねぐらで賽を追い
奇縁に旧交をあたためる

ひとしきり派手に悪態ついたのち、喬泰《チャオタイ》がきめつけた。

「閣下、ここは重々お考えいただきませんと！　聞こえがいいのは名ばかりで、あれこそ当地の裏社会を束ねるやつの根城にまちがいないんですよ！」

「その点はたしかだ」狄《ディー》判事は平然としたものだ。「かりに伍長が片眼の泥君とぐるなら、こちらに目をつけた裏事情ぐらいは聞き出せるし、必要とあらば力ずくで逃げればいい。ぐるでなくとも、目下の風変りな懸案解明に、伍長以下の一味は欠くべからざる存在だ。どちらにせよ、せっかく孔山《クンシャン》が割り振ってくれた役どころなんだし、まずは街道稼ぎの芝居から始めるとしよう。さ、行くぞ！」

喬泰《チャオタイ》はにやりとし、帯をしっかり締め直した。

「うまくすりゃ、ひと暴れできそうだぜ！」

間近でみれば、傾きかけた木造の二階建てだ。窓からは灯明りとともにがさつな声ががやがやともれてくる。喬泰《チャオタイ》が戸を叩いたとたんにその声がぴたっとやみ、鉄格子のはまったのぞき窓をすかして無愛想な声が降ってくる。

「誰でえ？」

「好漢《おとこ》ふたり連れで、伍長をたずねて来てやったんだよ！」喬泰《チャオタイ》がどなる。

かんぬきをはずす音がして、だらしない格好の男があらわれ、汗と安酒の臭いがこもった天井の低い大部屋へ通した。

すすだらけの灯火が薄暗い光を投げている。まっすぐ奥の売り台に足を向けた様子からして、どうやらそいつが給仕らしい。売り台におさまって仏頂面でこちらを見た。

「おかしらなら、まだ戻ってねえよ」

「じゃあ待つさ！」と、判事が窓辺の小卓に行き、壁を背にした椅子にどっかり腰をすえる。さしむかいに喬泰《チャオタイ》がかけ、肩越しにふりかえって給仕をにらむ。

「めいめいに酒をくれ、いちばんの上酒だぞ！」

部屋の向こうでは、売り台わきの大卓で手なぐさみをしていた四人が、うろんな顔でこちらをうかがったのちに勝負にもどった。売り台には若いがいかにも商売女らしいのがいて、ぶしつけにじろじろ見てくる。黒の長 裙《スカート》に赤い帯、濃緑の上衣はぶかぶかだ。胸もとをはだけて形のいい乳房をさらし、しおれた紅薔薇を髪にさしている。ひとしきり品定めがすむと、こんどは隣の若造になにごとか耳打ちにかかる。顔立ちはいいのだが、どこかすさんだ印象の若造が肩をすくめ、女をじゃけんに押しやってそっぽを向くと、売り台にもたれて大卓の勝負を見物しだした。

鼻下にぼさぼさひげのやせっぽちが椰子殻にさいころを入れ、よく振って伏せると、ふしをつけて目を読んだ。

「四ぞろーい、寄り目の売女が四人《よったり》ぞろいとくらあ！」

次のお鉢はがっしりした禿頭、素手でじかに振ると悪態ついた。

「三六かよ！　今晩はついてねえ！」

「修業が足りねえんだよ！」売り台の若造がせせら笑った。

「うっせえんだよ、なま書生が！」禿がいきまく。四人めが振って、卓にばんと平手をかます。

「やったぜ八ぞろ、箱二個だだ漏れ、犬も歩けば棒に当たるぜ！　おれの総取りだ！」

そこへ給仕がぐいのみ二つを窓辺の席に運んできて、つっけんどんに「銭六枚！」と言う。

判事が惜しみ惜しみ四枚数えて机に並べると、きっぱり言いわたした。「二杯で二枚だ、それ以上出せるか！」

「中をとるんだね、いやならよそへ行きな！」給仕がやり返す。

狄《ディー》判事が銭をもう一枚足す。給仕が背を向けるや、さも聞こえよがしに皮肉った。「薄ぎたない山師もあったもんだ！」

　給仕が怒って振り向く。

「おう、やる気かてめえ？」喬泰《チャオタイ》がやる気満々でけんかを吹っかける。給仕のほうでは、相手にしないことにした。

　部屋をへだてて声高な悪罵が聞こえる。さっきの禿が若造をがみがみやっていた。

「いらん口出すなっつってんだろ！　坊主の托鉢をかすめる意気地もねえ、丁半張るどころか逆さに振っても鼻血も出ねえ青二才のくせしやがって、きいたふうな口きくんじゃねえや、白面書生のがきんちょが！」

「金づるったって、そこにいる売女のおこぼれが関の山だろ」ほかの賭け仲間も口を出し、白面書生に面と向かって、「伍長に知れたらただじゃすまねえぜ、女にたかるひも野郎が！」

　若造が拳をかざしてかかっていこうとする。が、そいつにたどりつくより先に禿の一撃を胃の腑に叩きこまれ、手もなく息が上がって売り台までよろよろあとずさる。そのざまをみて、賭け仲間がいっせいに腹を抱えた。売女がひっと息をのんで駆け寄り、痰壺にげえげえやるそばで肩を抱いてやる。そうしてようよう身を起こしたはいいが、若造の顔色は死人のようになっていた。その袖をとらえた女が小声で何やら因果をふくめようとする。「離せ、ばか女！」ぜいぜい言いながら平手打ちをかます。女は売り台に逃げこみ、袖で顔を隠してさめざめと泣き出した。

「情にあついお仲間だな、まったく！」狄《ディー》判事が喬泰《チャオタイ》に言う。

　喬泰《チャオタイ》のほうは手にしたぐいのみをにらんで、不景気につぶやいた。

「こりゃひでえや、屋台酒のほうがまだましだ！」それから身をひねってあの若い売女をとっくり眺める。もう涙をふき、売り台についてまっすぐ前を見ていた。喬泰《チャオタイ》がわけ知りらしく評する。「紅おしろいを落とせばまずまずのご面相ですよ。そっちはおいといても、からだつきは逸品じゃないですか」

若造は立ち直るが早いか、帯にさしたあいくちをすっぱ抜いた。だが、売り台越しにいちはやく手を出した給仕が背後からその手をねじり、床にぽろりと落とさせた。

「刃物のやりとりはおかしらのご法度なのを承知だろうが、青二才！」給仕は涼しい顔だ。

禿がおみこしをあげ、あいくちを拾う。と、間髪入れず若造の顔めがけて逆手で爪をたてるようにしてしたたかな平手をみまう。とたんに白面書生の顔じゅうにどっと血が流れた。

「へええ、今日はほかにもあいくちを遣う先があったんかい？」禿が悦に入る。「そっちで、おでこに派手な傷をもらってきたってわけかい。がきのくせに粋がって、あいくちなんぞぶん回すんじゃねえよ！」

そこへ、どんどんと戸を二発叩く音がする。

「おかしらだぜ！」禿があわてて開けに行った。

入ってきたのは筋肉の束のようなやつで、大きいがさつな顔まわりにざんばらひげをたくわえ、鼻下に虎ひげを逆立てている。ごま塩髪をぼろでまとめ、だぶだぶずぼんに短い袖なしをはおってむくつけき胸板やたくましい腕をさらしている。へいこらする禿を黙殺し、わき目もふらずに売り台へ向かった。

「大碗でくれ、おれ専用のとっときの酒がめだ！」と、給仕をどなる。「いましがたちょいと揉めたんだ、いやあ危なかった！　ここみたいに諸事派手なまちだと、まっとうに稼ぐにも骨が折れるぜ。いたるところで政庁の手先どもに出くわすんだからなあ！」酒をあおって不作法に舌鼓を打ち、今度は女に矛先を向ける。「そんなとこにつったって、めそめそ湿っぽくしてんじゃねえよ！」給仕に、「おい、兄弟！　あの女にも一杯ついでやれ！　あいつだって、生きてりゃいろいろあるんだわさ！」

そこで顔の血をぬぐう若造に気づいた。「白面書生のやつ、なんかしたのか？」

「おれにあいくち抜きやがったんですよ、おかしら！」禿が言いつける。

鳳棲酒楼でひと悶着

「あいつが？　ひよっこ、こっちへ来てみやがれ！」

おびえておずおず近づく若造を見下した伍長が、ふんと鼻であしらう。

「ふうん、ちゃんばらが好みかい？　ようし、お手並み拝見といこうじゃねえか！」

そう言うや、目にもとまらぬ早さで長どすを抜き、左手で若造の衿がみをつかむ。給仕は売り台にもぐって難を避けたが、女のほうはあわてて売り台越しに手をのばして伍長の肩をおさえた。

「ねえ、後生だよ、堪忍してやってよう！」と、かきくどく。

その手を伍長が振り払ったはずみに、おそまきながら窓際の二人連れに気づいた。おこりのように震えがとまらない白面書生を押しのけ、すたすた出てきて大声で、「おいおいおい！　なにもんだ、そこのひげだらけは？」

「よそもんですよ、おかしら！」若造が媚びてみせる。

「来たばっかりです」

給仕が売り台の後ろからまた顔を出し、恨みがましく言いつける。

「あのひげめ、おれを山師呼ばわりしやがって！」

「誰だってそう言うわさ！　とはいえ、よそもんじゃ信用ならねえなあ」卓に寄ってきて、無愛想に、「どこのやつだ？」

「ちと面倒にまきこまれてな」狄《ディー》判事は答えた。「孔山《クンシャン》の口ききで来たんだ」

伍長がうろんな目を両名に向け、腰掛を引いてきて卓に寄せ、腰をおろして言った。

「孔山《クンシャン》てやつはあんまり知らねえな。面倒ってのを話してみな！」

判事が答えた。「おれたちゃ、街道を縄張りに骨折ってまっとうに稼いでる。けさがた、山ん中で出くわした商人に男っぷりを気に入られ、心づけに銀十錠くれたあとで自分から道端にのびておねんねしちまった。おれたちのほうはもらった金を使いにまちへ出てきたんだがね、あの商人ときたら寝起きが悪くって、政庁に駆けこむなり金をとられたとでたらめ放題に訴えやがった。それで捕り手に追われ、孔山《クンシャン》にここへ連れて来てもらったんだ。ほんのちょっとした行き違いなんだがね、それもこれも、あの商人が早く目をさましすぎたからいけないんだよ」

「へっへ、そりゃいいや！」伍長はにんまりしたのち、また半信半疑になった。「なんだって、そんなひげをずるずるさせてんだよ。それに筆振り文人みてえな口をきくんだな？」

「そのひげはな」と、喬泰《チャオタイ》。「上役にとりいるために生やしたのさ。そいつは巡査長だったんだが、年金がおりる前に永のおいとまするはめになっちまった。ちょいと金がらみの行き違いがあってな。ところで、あんたも巡査長くずれかね？　詮索癖があるらしいが」

「いちおう確かめにゃまずいだろうが？」伍長が気分をそこねる。「てめえ、見損なうんじゃねえ！　元巡査長がなんぼのもんじゃい！　こちとら軍あがりだぞ！　西方軍第三連隊劉《リウ》伍長ってんだ！　その腐れ頭に叩っこんどけ、いいな！」判事に向かって、「孔山《クンシャン》とは古なじみか？」

「いや、会ったのは今日が初めてだ。おまわりが来た時にたまたま居合わせてな」

「ようし、いいだろう！」伍長がうなる。「店のおごりだ、一杯やんな！」給仕をどなりつけて、かめごと持ってこさせた。ほどよく酒がまわったところで伍長が尋ねる。

「ここの前はどこにいたね？」

「平来《ポンライ》だ」と判事は答えた。「やなとこだったよ」

「そりゃそうだ！」伍長がわが意を得たりとばかりに、「新規におまわりの親玉が来たんだってな、うわさは聞いてるぜ。狄《ディー》とかいう、この一帯じゃあいちばんの根性曲がりだよ。とにかくたちが悪いともっぱらの評判だ。先週なんか、友達《だち》が首はねられちまった」

「それで逃げてきたんだよ。肉屋とはしじゅう会ってたんだ、北門近くに根城を構えてたよな」

伍長は大きな拳を卓に打ちつけた。

「兄貴、なぜそれを早く言わねえ！　孔山《クンシャン》なんざ肉屋の足もとにも寄れねえよ、竹を割ったような好漢だったよなあ！　ただなあ、ちっと短気で、すぐあいくちを抜くのが玉にきずだった。剣呑だぞ、やべえぞって百ぺんがとこは言ってきかせたんだがなあ」

伍長と意見が一致して、判事は内心ほっとした。肉屋というのはだまし討ちで仲間を刺し殺したやつで、その処刑は州都に出向く直前にすませてきた。「孔山《クンシャン》はおたくの手下かね？」

「いや、あいつはひとり働きだ。なんでも腕っこきの業師で、ざくざく稼ぐらしい。ただし、しみったれで偏屈だから、ここへはあまり来ないんで助かるよ。だが、あんたらふたりは好漢だ。肉屋の友達《だち》なら、そうに決まってるさ。みかじめ料に銅銭一さしさえくれりゃ、ここんちに寝泊まりしたっていいんだぜ」

狄《ディー》判事がさっそく袖から出した銭さしを、伍長が部屋ごしに放り、禿が器用に受ける。

「二、三日泊めてもらうかな」と、判事。「いうなれば、ほとぼりがさめるまでだが」

「ようし、そいじゃ決まりだ」伍長がそう言い、大声で女を呼ぶ。「来いよ、石竹！　おふたりさんご案内だ！」

卓に顔を出した女の腰を抱いて、判事に話しかけた。

「こいつがここのおかみだよ。娼妓あがりだが生娘でもまだまだ通るぜ、なあ、石竹。もっとも、そっちのほうはもう今じゃ、新しい服やらがほしくなった時だけしろうとぶって通りを流すぐれえのもんだが。おれだけじゃなく、禿の女でもある。あいつは一の子分で、あがりも山分け、こっちも山分けさ」判事を見ながら何ごとか考えているふうだったが、だしぬけに言い出した。「なあ、読み書きの心得はあるのかい？」

うなずく判事を、にわかに熱をこめて口説く。「もっと長逗留すりゃいいじゃねえかよ、兄貴。この階上《うえ》に泊ってさ、飲みたきゃここで飲みゃいいぜ。くさくさしたら、たまには石竹を味見したってかまわねえしよ。てめえは仏頂面すんなよ、ひげなんか、慣れりゃどうってことねえって！」むくれる女をつねって、「おれがここで、どんだけ脳みそ絞ってるかなんてわからねえだろ。乞食やごろつきの手下がざっと七十人からいるんだぜ、そいつらが一晩おきに勘定に来るんだ。しょば代はおれに二割、禿に一割、この家に一割なんだが、なんせ無字のやつばっかしでな、おれひとりで〇×だけで一から勘定しなくちゃ仕方がねえんだよ。あの白面書生なら使えるんだがな、子分どものほうで嫌がるんだ。信用ねえんだよ。あんたなら、とりあえず手間賃に五分出してもいい。そいで自分で稼いだぶんは、しょば代なしでそっくりとっといてくれ。どうだい、そんならいいだろ？」

「願ってもない話だが」判事は答えた。「おれとしては、なるべく早くよそへ行くに越したことはなさそうだ。殺しとかかわりたくないんでな」

伍長が女を押しのけ、大きな拳を両膝についてただならぬ声を出す。

「殺しだと？　どこだ？」

「市場で聞いた話だがね、沼地に女の死体がころがってるとか。他殺だ。相棒もおれもしがない盗っ人だが、長い目で見りゃ、そのほうが得なんだ。殺しには厄介がつきもの、それもすこぶるつきの厄介だ」

「こらあ、禿！」伍長の怒号で駆けつけてくると、「女が殺《ばら》されたってえ話を、なぜおれの耳に入れねえんだ、あぁ？　やりやがったのはどこのどいつだ？」

「女殺しなんて聞いちゃいません。ほんとですよう、おかしら」禿が情けない声を出す。「そんな話、どっからも入りませんでした」

「なんなら、おれがひとっ走り行って見てこようか？」判事が申し出る。

「よもや、てめえが喉首かっさばいた張本人じゃあるめえの？」伍長が凄む。

「おれが下手人なら、わざわざ現場へ戻ったりするかい？」判事が笑いとばした。

「いや、絶対あんたじゃねえと思う」伍長がぼそりと言う。あとはしけた顔で杯をにらみながら、しわだらけの狭いひたいをごしごしやっていた。

判事が立つ。

「だれか裏道に詳しい案内役をつけてくれたら、おれが見てくるよ。忘れなさんな、これでも元を正せば巡査長だ。死体の扱いならお手のものだよ。ことと次第じゃ昔取ったきねづかで、下手人だってあげてやるさ！」

しばらく迷っていた伍長が、やがて顔を上げた。

「よし、白面書生と行ってきな。ほかのやつは出せねえ、手下どもがおっつけ勘定に来るころあいなんだ。おい、白面書生。このひげとちょっくら行ってこい！」

「おまえはここに残ったほうが身のためだぜ、相棒！」狄《ディー》判事が喬泰《チャオタイ》に言う。「ふたり一緒だと、捕り手の目につきやすいだろ」

それまで喬泰《チャオタイ》はあいた口がふさがらずに話を聞く一方だったが、むむ、とかなんとかかろうじてうなったなり、急いで手酌でおかわりをついだ。

5

さびれた沼地の昔を語り
物陰にひそむ罪を見出す

白面書生に連れられて人通りの少ない裏道や路地を抜け、まちの北に出た。

若造の話では、鳳棲酒楼のある高台はまちの中ほどにあたり、山腹にそって広がる城内の北側が裾野だという。判事のほうは考えごとにかまけてろくに返事もしない。伍長は女殺しの件も、孔山《クンシャン》の悪だくみにも無関係だとこれではっきりした。それを裏づける事実もいろいろあがっている。だが、それでも……

「その沼地だが、昼間のうちは人通りが多いのか？」ふと若造にたずねる。

「朝のうちならね」白面書生は答えた。「北門外にひらけた平野でとれた野菜やなんかを、農夫どもが市場へ売りに来るからさ。けど、夜はさびれてるよ。〝出る〟って話もあるぐらいでさ」

「お上はどういうわけで埋め立てないんだろうな？」

「四年前に大地震があったんだよ。おれが十四の時だ、よく覚えてる。北坊がいちばんやられて、いまの沼地に建ってた家は火災で全滅しちまった。きれいだったよ、見せたかったね。どいつもこいつも服に火がついてさ、悲鳴をあげて河に飛び込むんだ。あんなに笑ったのはあとにも先にも初めてだね！　ただ、惜しいことに政庁までは飛び火しなかったんだけど。それで火事場を片づけにかかってみたら、地盤沈下で河の水面より低くなっちまってて、水が逃げないから家も建てられない。以来ほったらかし、今じゃ草だらけ藪だらけの空き地だよ」

狄《ディー》判事はうなずいた。温泉地には地震がつきものだ。

細い道をはさんでひっそりかんとした一角にさしかかる。月光を浴びた屋根が、思い思いに黒っぽい弧を夜空に描いていた。

「おれ、伍長一味から抜けたいんだ」白面書生が切り出す。

判事がちらと様子をうかがう。見境なく喰ってかかるだけの若造かと思っていたが、なかなかどうして。

「へえ、そうかい？」あたりさわりなく応じた。

「当然じゃないか！」白面書生がせせら笑う。「あんな屑連中とつるんでちゃ、はきだめに鶴ってもんだよ、見りゃわかるだろ？　書を読んでちゃんと郷学出てるんだ、おやじが先生してたから。なんかでっかいことをやってやりたくて家を飛び出したのはいいが、仲間とつるむったって、このまちじゃ伍長ぐらいしかいねえんだよ。あんなやつら、こそ泥に乞食あたりが関の山さ！　なのにばかな犬野郎どもめ、おれの方が生まれ育ちが上等な人間だって知ってるもんだから、しじゅうよってたかってこけにしやがって！」

「そうか」と狄《ディー》判事は言った。

「そこへいくと、あんたや連れの人はやっぱ違うよな」白面書生がお追従を言う。「喉のふたつみっつは余裕でかっさばいてんだろ！　さっき、殺しにかかわりたくないなんて口にしたのは、刃傷沙汰が伍長のご法度だって給仕が言いやがったからに決まってるよな？　おれなら気にしないでいいよ、ちゃあんと知ってんだからさ！」

「まだ、だいぶあるのか？」と、判事。

「このさきの通りだよ。政庁裏はあんときの家の残骸で行き止まりになってんだ。なあ、巡査長だったころは、女もちょいちょい拷問にかけたんだろ？」

「急ぐぞ！」判事は取り合わない。

「焼きごてをあてりゃ、豚みてえな声で泣きわめくんだろ！　見ての通り女にもてるんだけどさ、こちとらお呼びじゃねえんだよ、やっすいばか女どもめ！　なあ、拷問台にくくりつけて、腕もしめつけてへし折っちまうんだろ？　派手にぎゃあぎゃあ泣くかい？」

そういう白面書生の肘をつかんで、拳法の絞め技をかけてやった。指が万力のように食いこみ、肉もろとも神経をつぶす。白面書生がなりふりかまわず悲鳴を上げるまで、ずっとそうしていた。

「なにすんだよ、この悪党め！」あざになった腕を抱えこんでべそをかく。

「あんなに訊いてたじゃないか？」判事が愛想よく言ってやる。「これで、身にしみてよくわかっただろう」

あとは黙りこくって空き家の残骸を縫っていく。やがて空き地に出た。熱気がねずみ色の霧となって低くたれこめ、のびほうだいの低木や下草の茂みにかぶさる。はるか先に、北門の胸壁つき望楼がそびえていた。

「ほらよ、お望みの沼地でございい！」白面書生がふてくされる。

不気味なほど静かだった。にぎやかな商店街はうんと離れていて、音はここまでは届かない。くぐもった水鳥の声がするばかりだ。


沼地のぐるりをとりまいているらしい、足もとの悪い小道をたどりつつ、油断なく藪の中を探り見ていく。やがて足を止めた。茂みの陰から赤いものがわずかにのぞく。すべりやすい泥濘《ぬかるみ》を長靴でぐちゃぐちゃ踏んづけてそちらへ急ぎ、藪をかきわけた。死体はそこにあった。豪奢な金の花柄を織り出した紅錦の外套に、首から足までくるまれている。

かがんで、動かない顔にしばし無言で見入った。端麗な美貌は不思議なほど安らかだ。長さも美しさも並はずれた絹のような髪は、粗末な木綿布でぞんざいにまとめてあった。二十五歳ほどだろうか。耳環をもがれて耳たぶが裂けているが、こぼれた血はわずかだ。外套の前を開きかけて、あわてて閉じた。

「道に戻って見張れ！」ふきげんに白面書生に命じる。

「だれかきたら口笛で合図しろ！」

しっぽを巻いて離れていくのを見すまして、また外套を開けた。その下は裸だ。

左胸に短剣が柄元まで埋まり、その周囲に血糊がこびりついている。柄は銀ごしらえ、古く黒ずんでいるが打ち出し細工の逸品で、判事の見立てでは値の張る骨董品だ。乞食にそんな鑑定眼はないから、耳環や腕環だけとってこれを残したというわけだ。死体の胸に触れてみる、ぞっとするほど冷たい。次に片腕を持ち上げると、まだ死後硬直はきていなかった。つまり、殺されてやっと数時間ほどだろう。安らかな死顔といい、豊かな髪をまとめた手際の悪さといい、裸にはだしのなりといい、寝台でぐっすり寝ている間に殺されたとみえる。下手人は殺してからあわてて髪をまとめ、外套にくるんでここまで運んできたのだ。そう考えればつじつまが合う。

おおいかぶさる枝を分けて、きゃしゃな裸身に月光をあてる。そして、しゃがんで腕まくりすると死体の下半身をていねいに調べた。そうした調べができるほど医術に造詣深く、検死の心得もある。ひととおり調べ終えて草の露で両手を拭きながら、当惑のいろを隠せなかった。女は犯されていたのだ。推理が土台からひっくり返された！　立ち上がって死体を元のように紅錦の外套でくるんでやると、藪のうんと奥へ引き入れて小道から完全に隠したうえで、路上へ引き返した。

大きな丸岩に腰をおろしてうずくまった白面書生が、あいかわらず肘を抱えこんでいる。「ろくに動かせないじゃないか！」と、小声でぶつくさいう。

「まったく足手まといな！」狄《ディー》判事は冷たい。「じゃあ、ここで待ってろ。おれは向こうの家並みのようすを探ってくる」

「ひとりにしないでくれよう！」青二才がべそをかく。「火事で焼け死んだ連中が、いまだに化けて出るって話なんだよ！」

「そいつはまずいな！」と、判事。「今しがたも口にしてたもんな、そいつらの悲鳴がおもしろかった、笑ったって話を。さだめし幽霊どもにも聞こえただろうよ。だが待ってな、いま助けてやるから！」岩をとりまくように一歩ずつきっちり足を運んで三周しながら、口の中で、なにやらぶつぶつ呪文めいた妙な文句を唱える。「ようし、これで大丈夫だ！」と、宣言する。「流れ道士のじいさんに伝授された魔法陣だ。こいつを破れる幽霊はいないよ」

　これで自分がいないすきに若造が死体をいじる心配もなくなり、心おきなくその場を離れた。

　廃屋群をやりすごし、ちゃんと人の住まう民家の並びにたどりつく。その先の角に、昼過ぎに喬泰《チャオタイ》と待ち合わせた茶館のちょうちんがともっていた。ほどなく政庁裏口に行きあたり、そこの戸を叩いた。

6

屛風にこめた夫婦の歳月
凶事を秘めた四季の営み

　思いのほか戸が早く開き、取りつぎに出てきた老執事は、それとわかるほど安堵を浮かべた。

「ああ、すると、巡査長がお宿に残してきた伝言がぶじに届いたんですな！　知事さまはずっと起きて、首を長くしてひたすら待ちわびておられたんですよ、沈《シェン》さん」

　その足で、すぐさま滕《トン》知事の書斎へ通された。知事は机について肘掛椅子でうたたねしている。銀むくの大燭台一対が照らすその顔は、めっきり老けこんでいた。執事に起こされるや、いそいそと腰を上げて判事を迎える。執事をさがらせるまで辛抱したのち、なりふりかまわず声高にまくしたてた。

「ああよかった、来てくださって！　じつはいま、のっぴきならぬ窮地に立たされているんだ。ぜひにも君のご助言を仰ぎたい。どうぞ、かけてくれ！」

ともに茶卓の席を占めると、狄《ディー》判事が切り出した。

「おそらくは奥方殺害の件でしょうな」

「なぜそれを？」滕《トン》知事が肝をつぶす。

「まず、こちらがつかんだ事実をお話ししましょう。その上で、ことの次第をご説明いただきたい」

滕《トン》がわななく手で茶碗を取り上げたはずみに、磨きこまれた茶卓にこぼしてしまった。

狄《ディー》判事が述べる。「本日午後にお訪ねしたさいにいやでも気づいたのですが、あきらかにお具合が悪そうで、度を失っておられた。そのご様子が気にかかって、のちほど潘《パン》游徳《ユーデ》さんにそれとなくご病気かと尋ねてみると、午前中はいたって普通でしたという。それで私の到着直前に、なにかひどく心を乱すことがあったに違いないとわかったのですよ。また、おたくの執事が奥方のことでお伺いを立てると、確かこう答えておられましたね。奥方は昼寝の時間中に姉上のにわかな呼び出しで出かけられたと。ですが執事によると、お部屋には鍵がかかっているとか。妙な話だなと思いましたよ。寝室を出るさいに、なぜわざわざ鍵をかけて出かけますか？　女中たちが寝台を整えに出入りするに決まっているじゃありませんか？　執事はさらに、お部屋の手前に飾った古い花瓶が割れていたことにも触れましたが、そう聞いてもあなたは平然としていた。あとから潘《パン》に聞いた話では、累代の家宝でたいそう大事にしておられたとか。どうやらその災難をすでにご承知だったのと、割れた花瓶などよりはるかにゆゆしい重大事に頭を悩ませておられたとみえますな。そこでこんなふうに考えました。きっと昼寝のさなかに奥方の寝室で何か変事があったために動転しておられるのだろうと。ですが、よそのご家庭のことですから、それ以上はつっこんで考えませんでした」

そこでお茶を飲み、滕《トン》知事が無言なのでまた続けた。

「その後にひょんないきさつで、沼地に置き去りにされた女の死体から乞食が盗ったという装身具を入手しました。そのうちの耳環一対は高価な黄金と紅玉の台に銀の蓮をはめた、手のこんだ逸品です。しかも銀の蓮より台の方が確実に二、三十倍は高価なところをみても、蓮に意味があるのは明白です。それで、持ち主は銀蓮という名をお持ちの奥方ではないかと心配になりました。ほかにも銀蓮という名の女がこのまちにいるかどうかまではむろん存じませんが、あなたの挙動や奥方の急な外出などという不審なできごとと重ね合わせてみれば、何らかのつながりはありそうです。

そんな結論に達した折も折、こちらの巡査長が宿へ来ました。あなたのお言いつけで、きっと意見を聞きたいというお話だろうとは察しがつきましたが、殺された婦人の件をいま少し探ってからお目にかかっても遅くはないという気がしました。そこで、人を頼んで宿の裏口から急遽抜け出し、沼地まで連れていってもらって死体を調べてきました。まちがいなく良家の婦人でしたし、何も着ていないところをみると、寝台で眠っているうちに殺されたんでしょう。死体の状態から判断するに、死亡時刻は昼寝時間に相違ありません。あの沼地は政庁に近い。だから、あの死体はまごうかたなく奥方で、寝室で昼寝中に殺され、暗くなってから沼地に運ばれたのだと結論しました。夜はあまり人通りがない上、こちらの官邸にはふだん人通りのない裏道に出られる隠し非常口までついている。ならば、死体を運ぶさなかに見とがめられる危険もあまりない。今の話で当たっていますか？」

「一から十までお説の通りだ、狄君《ディー》」知事が重い口を開く。

「ただし……」

狄《ディー》判事が片手で制した。

「お話の前に、ひとことだけ。こちらで何があったにせよ、微力ながらできる限りのことはします。ただし、法を枉《ま》げたり、正道にもとる行為は期待しないでいただきたい。ですからこれから釈明なさるおつもりでしたら、私としては証言と解釈せざるを得ませんし、かりに証人として召喚されれば法廷で述べるつもりだとあらかじめご承知おきください。それでもお話しになるかどうかはあなた次第です」

「ああ、よくわかった」滕《トン》知事が沈痛に述べる。「ここまで無惨な仕儀だ、むろん州長官に訴え出ずにはすまされん。ただ、いちおうひととおり聞くだけ聞いた上で、私の被告弁論をどう組み立てればよいかご意見を聞かせてもらえれば実にありがたい。というのも、包み隠さず言うが、家内を殺したのは私だからだ」

「何が原因ですか？」狄《ディー》判事が静かに尋ねる。

滕《トン》知事はぐったり椅子の背にもたれ、疲れた声を出した。

「その問いの答は大昔、七十年以上も前の話だ」

「どうみてもあなたは四十がらみ、奥方は二十五歳ぐらいでしょう！」判事が驚く。

滕《トン》知事はうなずいた。

「狄《ディー》君、軍事史の心得は？　ならば滕国耀《トングオヤオ》という名に聞きおぼえがあるだろう」

狄《ディー》判事が太い眉を寄せた。

「滕国耀《トングオヤオ》……」と考えこむ。「ああ、そんな名将がおりましたね。西域への大がかりな出師に際し、猛将の名をほしいままにした人です。ゆくゆくはどれほど登りつめるやらと評されながら、にわかに官を辞した。それというのも……」そこでぎょっとして言葉をとぎらせ、主人役に目をやる。「なんということだ、あの将軍が祖父に当たられるのか？」

滕《トン》は深くうなずいた。

「そうだ。いま、君が言うのをはばかったくだりをはっきり言おうか？　発作により一時的に正気をなくして無二の親友を刺殺したために、祖父は早い引退を余儀なくされた。罪にこそ問われなかったものの、当然ながら官職返上に追い込まれたんだ」

室内がしんとする。しばらくしてまた口を開いた。

「父はまったくの健常者だった。だから、病気が遺伝するとは思いもせず、八年前に銀蓮を妻にした。これほどへだてなくすべて与え合う夫婦など、世にもそうそうあるまい。かりに私がいささか社交嫌いの評判をとっているとすれば、わが愛妻にまさる友はないからだ。ところが七年前のある日、寝室の床に気絶して倒れている私を家内が見つけた。そして、意識が戻っても気分は直らなかった。異常にたかぶった頭の中を風変りな記憶が錯綜するんだ。それで言おうか言うまいかずいぶん迷ったあげくに、家内にありのままを打ち明けた。発作中に見た妄想というのが、残虐きわまる手口に喜びを覚えながら、どこかの男を手にかけるというものだった。だから家内に話したんだ。私は忌わしい血筋をひいている、そんな狂人と人生をともにするなどとんでもない、すぐにも離縁の手続きをとるから、と」

両手で顔をおおって打ちひしがれる姿を、狄《ディー》判事が深い同情をこめて見守る。そのうちに、相手は感情をおさえこんで先を続けた。

「銀蓮はがんとして受けつけなかった。断じて別れない、もしも発作が再発したら介抱し、不都合が起きないよう自分が気をつけるから。それに、再発すると決まったわけではなかろう、今回の発作だって別の原因がないとは言い切れないのだから、というのがあれの言い分だった。私は反対したが、しいて離縁するなら自殺するとまでつっぱねられて、われながら卑怯にも結局はだらしなく折れてしまった。子どもはまだだが、作るまいと決めた。夫婦愛の結晶を見る喜びこそやむなく断念したが、二人で生みだす詩作がせめてもの埋め合わせになればいい、と。もしも冷たく気難しい男だと世間の誤解を受けようと、狄《ディー》君、きみにだけはそういう事情を知ってほしいのだ」

狄《ディー》判事は無言でうなずいた。そこまで深い嘆きを目にしては、かける言葉もない。滕《トン》の話は続く。

「再発は四年前、再々発はその二年後だった。その時は激しく暴れたために、家内はやむなく睡眠薬をむりに飲ませて最悪の事態を防ぐはめになった。ゆるぎない家内の協力だけが闘病の支えだった。それなのに四週間ほど前にあることがもちあがり、その支えまで奪われ、以後はもう悲しみさえともにできなくなった。それもこれも、あの漆屛風に憑かれたせいだ」

そこで言葉を切り、狄《ディー》判事の背後にある高い堆朱屛風を指した。ふりむいてよく見れば、細かい彫刻にまたたく蠟燭の灯影がちろちろ反射し、不気味なふうに見える時もないではない。

目をつぶった滕《トン》知事が静かに述べた。「立っていってよく見てくれたまえ、説明するから。その屛風の図柄なら、くまなく頭に焼きついているんだ！」

言われるままに立って近づいた。屛風の四面すべて、朱漆地に彫りを入れて碧玉や真珠母や金銀を細かにちりばめた美しい図柄だ（著者註　四図とも本書冒頭に挿絵を掲げた）。少なくとも二百年はたっていそうな値うちものの骨董品だった。その正面にたたずんで、背中から聞こえる人間味のうせた一本調子に耳を傾ける。

「屛風の四面とも、四季を象徴するありふれた伝統構図だ。向かって左手の一面はうららかなる青春図、白面書生の夢だよ。松の木蔭を落とす邸の露台で本を読むうち、ついうたたねしてしまった。お茶をいれる侍童のかたわらで、白面書生は夢で四人の娘にあいまみえる。四人とも美人だが、ひとめぼれした意中の相手は一人だけだ。

二面は朱夏、大望の季節だ。白面書生は壮年となり、殿試合格を果たして官途につくべく都めざして旅の途中だ。馬に乗り、供の侍童を連れている。

お次は三面の白秋図、成就の季節だ。めでたく殿試合格、高官に任ぜられる。身には官袍をまとうて馬車に乗り、高い身分を示す長柄の団扇を従者にかざさせて、さる邸の門前を通りかかる。二階の露台からのぞくのは夢に出てきた四人姉妹、花嫁にしたいと願ったあの娘もその中にいる」

知事が言葉を切った。狄《ディー》判事が第四面の前に来て、つぶさにあらためる。

「四面は玄冬図だ」滕《トン》がまた口を開く。「好配《よきつま》を得て、不変の深い絆と静かな楽しみのうちに自らを省みる季節。夫婦の至福を描いた図だよ」

見れば贅沢なしつらえの官邸で、相愛の男女が水入らずで食卓についている。ひたと身を寄せ合って男が片手で女の肩を抱き、もう片手でさしつさされつの酒杯を女に飲ませようとしている。席に戻ろうときびすを返しかけると、滕《トン》知事がすかさず制した。

「そのまま、そのまま！　この屏風は銀蓮の輿入れまもないころに都の骨董店で見つけたんだ。ひとめ見るなりすぐ買った。おかげで余分にふっかけられ、所持品をいくらか質に入れてまで手に入れたんだ。ここでぜひともご承知おき願いたいが、この屏風の四面は偶然にもほかならぬ私の人生における四つの節目に相当しているんだ。故郷の白面書生時代には、四人の娘が出てくる夢を見た。その後にははるばる都へのぼり、夢で見たあの四人に出会ったのは、奇しくも馬車で二階建て邸の前を通りかかった折だ。そこは武《ウー》という引退した州長官の邸と判明し、その次女――夢に見た時から心に決めていた意中の人、銀蓮をめとった！

この屏風はわれわれ夫婦いちばんの宝として、どこへ赴任するにも持っていった。いったい幾度ふたりでこの前に座り、細部をなぞりながら、求愛と結婚にまつわる思い出を語り合ったことか！

ひと月前、猛暑の昼下がりに執事に言いつけて、ここの書斎で屏風の手前に竹の寝椅子を置かせたんだ。そこなら風通しがいいんでね。ちょうど四面めが枕元で、相愛の男女をすぐ間近で見られた。その時に驚くようなことが見つかった。構図が変わってしまっていたんだ。男が妻の胸に短剣を突きたてているんだよ」

えっと驚きの声をあげてかがんだ狄《ディー》判事が、その部分を穴があくほど見た。なるほど、妻を抱きかかえた左手に短剣を握り、刃先を相手の心臓に向けている。短剣そのものは銀のきれはしを漆に象嵌したものだ。あっけにとられて、首を振りながら席に戻った。

知事がさらに述べる。「いつからそうなったのかは不明だ。その部分を必死で調べてみた。おおかた漆工のしわざだ、まだ漆の乾かぬうちにうっかり鋇きれを落としたんだろう。あとから表面の漆がはがれ、縁起でもない形に顔を出しただけだと当初は思っていたんだが。だが、やがてわかった。その銀は未熟者の手になるあとづけの細工だ。その証拠に、周囲の漆に細かい亀裂《ひび》がたくさん入っている」

狄《ディー》判事は深くうなずいた。やはり気づいていた点だ。

「そうなると、考えられる線はひとつしかない。きれいさっぱり記憶の飛んでしまう発作時に、私がそういうふうに変えたのだ。そこではっきり言えることがもうひとつある。病んだ心の部分で、私は家内を殺そうともくろんでいるんだ」

精根尽きたように顔をなで、屏風を見つめてすぐ目をそらした。そして、声を振り絞る。

「その屏風が妄想となって私につきまとい、それからは家内を殺す夢を何度も見た――重く恐ろしい夢からさめると、決まって汗びっしょりだ。屏風に憑かれかけている。目覚めるごとに、その自覚がこれでもかと責めさいなむ……家内に打ち明ける気にはなれない。ほかのことなら何でも耐えられるだろうが、いかに狂気のなせるわざとはいえ、夫が自分を殺そうとまで――今度こそ胸がはりさけてしまうだろうとわかっていたんだ」

知事の目はまっすぐ前を向いていたが、何もうつっていないらしい。やがて、ふとわれに返って、日常茶飯だといわんばかりに淡々と続けた。

「今日の昼飯はふたりして庭隅の木蔭でとった。だが、空気が重く感じられてなんとなく落ち着かず、頭痛がきざした。昼寝の時間は書斎で公文書でも見ながら過ごすと家内には言ったものの、書斎も暑くて集中できず、やっぱり家内の寝室で昼寝することにした」そこで腰を上げる。「来てくれ、現場にご案内しよう」

蠟燭の片方をとり、判事を連れて書斎を出る。先導して曲がりくねった廊下を抜け、こぢんまりした戸口に出た。そこの扉を開けて敷居ぎわで、ここが家内の化粧室だという。右手に丸くぴかぴかの銀鏡を立てた紫檀彫りのゆったりした化粧台、左手は狭い戸口の手前に低い竹の寝椅子がすえてある。磨きこまれた赤大理石をしきつめた床の中央に、緻密な彫り黒檀の小さな円卓が出ていた。「あの円卓に」と、滕《トン》知事。「私が壊してしまった古い花瓶がのせてあったんだ。左手の戸口のさきは金魚池の壺庭だよ。そこの手前の寝椅子はいつも小間使が寝る場所だ。奥に見えている朱漆の大扉から家内の寝室へ出る。すまんが、ちょっとここで待っていてくれ」

ひとりで化粧室に入り、凝った鍵を懐中から出して朱の扉を開け、半開きにしておいて判事を連れに戻る。

「午後にこの化粧室に入ってみたら、小間使が竹の寝椅子で寝ていた。最後に覚えていることといえば、ちょうど今のように半開きになった扉のさきに寝台の一部と、裸で寝ている家内の姿が見えたんだ。安らかに寝入っていたよ。ちょっとあおむいて右腕を曲げ、頭を包みこむようにしていた。きれいな横顔を見せていたが、右脚を左脚にのせて組んでいたから下半身は反対向きだ。長く豊かな自慢の髪をほどいて黒絹の敷物のように肩の下に敷きつめ、寝台端から滝のように垂らしていた。ややあって、起こそうとそばに寄ったところでいきなり目の前が真っ暗になった。

気づいてみればこの化粧室の床に倒れ、古い花瓶が割れてそこらじゅうにかけらが飛んでいた。目はかすみ、頭は割れそうだ。なにがなにやらさっぱりわからない。小間使を見れば、いっこうに目を覚ます気配はない。なんとか起き上がり、よろめく足で寝室に行ってみた。家内がさっきと変わらずまだ寝ていたので、ほっとしたのを覚えている。よかった、ぐっすり寝ているうちに発作がすんでしまった、助かった！　だが寝室に入ってみて、いきなり自分がしでかしたことを悟った。骨董ものの短剣が家内の胸に刺さって死んでいたんだ」

顔を両手でおおって戸口の側柱にもたれ、ひっそりと涙した。

狄《ディー》判事の方はさっさと寝室に入り、目のつんだ柔らかいござを敷きつめた大寝台を調べた。枕のわきに小さな血痕

滕《トン》夫人見つかる

がいくつもある。ふと顔を上げた拍子に、窓脇の壁面に短剣の鞘だけが絹ひもでぶらさがっていた。その横には立派な古剣が銅鋲飾りの鞘におさまって七弦琴とならんでかかっている。あかりとりは竹枠に厚い白紙を貼った櫺子窓しかなく、そちらは木彫りの閂がかかっている。ほかの調度は、時代のついたりっぱな白檀彫りの小卓とおそろいの腰掛一対だけだ。片隅には赤革にきれいな金色の花模様をあしらった衣装箱四つがそれぞれ季節ごとの服をおさめて積んであった。

知事のそばに行って優しく声をかける。

「そのあとは、どうなさった?」

「あの二度目の痛打はことに恐ろしく、すっかり動転してしまった。いちもくさんに逃げ出して入口に鍵をかけ、どうやったのかはわからないが書斎に帰りついた。もう気分が悪いし頭もぼんやりしていたのだが、それでも恐ろしい事実をじっくり考えてみようかという矢先に執事がきて、きみがおいでになったという」

「なんとも心から申し訳ないことをした。よりにもよってそんな時にお邪魔したとは!」判事が悔やむ。「だが、むろんそんなこととはつゆ知らず……」

「こちらこそ、いろいろ失礼続きで申し訳なかった」滕《トン》知事があらためてきちんと詫びる。「そろそろ書斎へ戻ろうか?」

また卓につくと滕《トン》が話しだす。

「きみが帰られたあとはいくらか気分が戻り、おきまりの午後公判の手順を踏むうちに、しだいに落ち着いてきたんだ。ちょっと妙な自殺事件があってね、あの惨劇からいささかなりと気をそらしてくれた。だが、同時に法を重んじなくてはと痛感させられた。正義は行なわなくては。だから、ぐずぐずせずに州政府に出向き、家内殺しの下手人として自らの身柄を州長官にゆだねる所存だった。それにしても家内のなきがらをどうすればいいのか、執事や召使たちにはなんと言えばいいのか。こんなときに賢明で諸事行き届いたご同役のきみが当地に居合わせてくれて、幸運のほどが今更ながら身にしみた。それで巡査長に言いつけて、さきにおすすめした宿に出向かせ、おいでを願ったわけだ。そしたら帰ってきてこう言うんだよ。きみは外出中で行先は誰も知らんそうです、と。それを聞いて、急に怖くてたまらなくなった。今の私にはきみのご来駕が頼みの綱なのに、お戻りは明日になってしまうのか。それとも、よもやなにかの変事にでも巻き込まれて……そうなると、いやでも私ひとりですべて乗り越えなくては。そうこうするうちに、じきに女中が寝室の空気を入れ替えたいと言い、執事が鍵をとりにくる……死体を見られないようにしないと、と思いつめた。そして召使どもの夕飯時をねらって寝室に入り、大あわてで髪を束ねて行き当たりばったりに出した外套でなきがらをくるんだ。そして非常口から裏通りに運び出したがまったく人影はなく、誰にも見られずに倒壊跡にたどりつき、哀れで軽い重荷を沼地におろしてきた。

　ところが戻ってきたあとになって、自分のばかさかげんに気づいた。動揺のあまり、自らの所業をなるべく露見させないための基本中の基本をすっかり失念していたんだから。寝室の鍵を置き忘れたふりをすればいいんだ。夕飯がすんだあとでまたぞろ鍵をくれと言ってきた執事には、実際にその口実を使った。それもあって、こんなに神経が参っていたのではなにもかも自分だけで処理するなどとはどだい無理だと悟って、巡査長をあらためて宿へさしむけ、お帰りになりしだいすぐおいでを願うという緊急連絡を重ねて残してこさせた。あとは夜更けでも顔を出してくれるはずと、ここでひたすらお待ちしていた。そして来てくれた、本当にありがたい！　どうか教えていただきたい、狄《ディー》君、どうすればいい？」

　判事は長いこと答えなかった。屏風をにらんで座り、無言で長いあごひげをなでるばかりだ。しばらくしてようやく知事に目を向けた。

「お尋ねに対する答えは、何もしないこと。少なくとも、当面しばらくはそれが答えだ」

「どういうつもりだ？」滕《トン》がはじかれたようになって声を

つつぬかせる。「朝いちばんに、どうでも同道の上で釆府に行かねばならんというのに。さあ、これから州長官あてに手紙を書こうじゃないか。今夜中に早飛脚を仕立てれば……」

狄《ディー》判事がまあまあと手で制した。

「どうか落ち着いて。私は遺体を調べたし、惨劇の現場も見た。が、ことの真相がすっかり明らかになったとはまだ思えん。あなたが奥さんを殺害したという決め手となる証拠がないことには」

滕《トン》知事は飛び上がり、足音荒く歩き回って声をはりあげた。

「たわごとを言うな、狄《ディー》君！　決め手の証拠だと？　このうえ、どんな証拠が要るというんだ？　もうそろってるじゃないか、発作に妄想にその屏風と……」

「どうもね、ひどく違和感を覚えるふしがあるんだ」狄《ディー》判事がさえぎる。「外からの犯行を匂わせる」

知事がじだんだを踏んだ。

「狄《ディー》君、甲斐ない空頼みなんかで翻弄せんでくれ。酷というものだぞ！　発作のすきに忍びこんだやつが家内を殺したなどと、場あたり的な支離滅裂を持ち出す気か？　そんな現実離れした偶然の一致、どうやったら起きるっていうんだ？」

狄《ディー》判事が肩をすくめた。

「私だって偶然の一致は気に入らんよ、滕《トン》さん。だが、現にそういうことがあったんだ。現実離れというが、発作中のあなたが屏風を細工したのに、きれいに覚えていないというのよりはましだよ。それにあなたが化粧室に入った時点で奥方はあなたに背を向けて横たわっていた。もうすでに殺されていたかもしれない。当地に敵は、滕《トン》さん？」

「いるわけがない！」知事が腹を立てる。「しかも、あの屏風に特別な意味があると知っているのは家内と私だけだ。当地に来てからは、官邸から外へ出したこともない。誰であれ、小細工できたはずはないんだ！」そこで我に帰り、いくらか落ち着いてたずねた。「それでどうしろと言うんだ、狄君《ディー》?」

「明日一日でいい」と、判事。「さらなる証拠集めのために猶予をいただきたい。万が一不首尾に終われば、あさって釆府までおともして、州長官に洗いざらい事情説明しましょう」

「殺人事件の報告遅延は重罪だぞ、狄君《ディー》!」滕《トン》知事が猛然と反論する。「ついさっき、言っていたではないか、よその家のことに介入するつもりは……」

「それについては、私が全責任をとります!」判事がさえぎる。

滕《トン》はいらいらと歩き回ってしばらく考えていた。やがて足を止め、観念して述べた。

「わかった、狄君《ディー》。万事きみにお任せする。私がしなきゃならんことを言ってくれ」

「ほんのささいなことばかりですが。まずは封筒に、奥方のお名前とご住所を書いてください」

滕《トン》がいちばん上のひきだしの鍵を開け、封筒を一枚出して手早く記入して渡す。それを袖にしまうと、判事は重ねて述べた。

「次に、奥方の寝室から衣服一式を包んできて渡してください。鞋《くつ》も忘れずに入れてくださいよ!」

わけを聞きたそうにしていたが、知事は黙って出て行った。

そのすきに狄《ディー》判事は急いで席を立ち、まだ鍵をかけていないさっきのひきだしから大きな朱の政庁印をおした公用箋と封筒を数枚ずつとり、ていねいに袖にしまいこんだ。

青い布包みを抱えて戻ってきた滕《トン》がそんな判事を探り見て、声高に恥じ入る。

「やあ、返す返すも不調法ですまんな、狄君《ディー》! 自分のことで頭がいっぱいで、着替えてもらうのさえ今の今まで思い至らなかった。長衣はどろどろ、長靴も泥まみれじゃないか。私のでよければ……」

「あ、いやいや、どうぞおかまいなく!」判事はあわててさえぎった。「まだ二、三、行かねばならん先があるのでね。着替えて行ったらたちまち怪しまれてしまいますよ。まずは沼地にもどり、遺体に着物を着せて小道まで引き出しておきます。そうすれば早朝には発見されるはずです。この封筒を袖の中に入れておけば、遺体の身元はすぐ割れます。その後に検死を行なわせる――しっかりした検死役人がいるんでしょうな？」

「いる。市場で大きな薬局をやっている人物だ」

「結構ですね。奥方は北門へ向かう途中で殺され、捜査は進行中と言っておおきなさい。そうすればせめて仮棺に納めてあげられます」包みをとり、滕《トン》の肩に手をかけて、穏やかな笑顔を向けた。「少しでいいから、つとめて睡眠をとるようになさい、滕《トン》さん！　明日になったら、報告しますよ。見送り無用、道順はわかっています。ひとりでも大丈夫ですよ」

白面書生は哀れなざまになっていた。丸岩の上ですくみあがり、この暑いのに全身がたがた震わせている。判事を見上げてよわよわしい笑顔で口を開きかけたが、とたんに歯の根が合わなくなった。

「心配すんな、犯罪の大先生！」と、判事。「そら、こうして戻ってきてやっただろ！　おれの方はもっぺんだけ、ちょっと死体のようすを見てくる。すんだら帰って寝ようぜ！」

若造の方は怖がるあまり、判事の抱えた包みどころではない。

死体から凶器の短剣を抜いて油紙にくるんで懐にしまい、持参の服を着せ、鞋《くつ》もはかせる。その上で小道へ引っぱりだし、道を横切るようにながながと寝かせた。それがすむと白面書生に声をかけ、もはや人通りの絶えた往来をたどって無言で戻りにかかる。

白面書生はひとりきりの置いてきぼりがよほどこたえたらしい。思うに、ことさら悪ぶった言動も多分に虚勢のなせるわざだろう。まだ十八歳ぐらいだ、一年かそこらすれば無頼熱もさめるだろう。伍長一味がやる程度の悪さなら、大目にみようもあることだし。伍長はがさつ者だが、なぜだかしんからの悪《わる》とは思えなかった。今回のことがいい薬になれば、白面書生もいずれは性根を入れ替えるかもしれん。

そうして半分がた引き返したところで、やぶからぼうにやつがこんな啖呵を切った。

「あんたや伍長になめられてんのは百も承知さ。だが言っとくがね、じきにあっと言わせてやるぞ！　こちとら、てめえらが一生かかったって拝めねえような大金が転がりこむことになってんだからな！」

狄《ディー》判事はてんで取り合わない。芸のない青二才のほら話はいいかげん聞き飽きた。

鳳棲酒楼の路地の角にさしかかると、白面書生は足を止めてつんけんした。

「じゃあここで。おれ、ほかに寄るとこがあるんだ」

それで、狄《ディー》判事だけで宿へ戻った。

7

喬泰《チャオタイ》はまちを流して歩き
見知らぬ家の花を見出す

狄《ディー》判事と白面書生が鳳棲酒楼から沼地に出かけてしまうと、喬泰《チャオタイ》は伍長とさしむかいで軽く飲んだ。肴がわりにここ何年かで軍がおこなった戦争談義に花を咲かせたが、まちがいなく伍長十八番の飲みねたらしい。

「そんだけ軍の水が合ってたんなら」喬泰《チャオタイ》が訊く。「なんで脱《ぬ》けたりした？」

「どじ踏んで、逃げるより仕方なかったんだよ」伍長がぼそりともらす。

そこへ、むさい乞食どもが三々五々やってきた。おみこしをあげた伍長が禿に手伝わせて勘定にかかる。おかげでただでさえこもった空気がいっそうひどくなったし、あの装身具を売りつけた乞食と鉢合わせでもしたらことだ。それで、喬泰《チャオタイ》はぶらっと外へ出た。

通りはいまだに蒸し蒸しする。河べりの下町の方がまだしものぎやすかろうと見当をつけ、足の向くまま下り坂についた。何度か角を曲りそびれたあげく、ようやくのことで河をまたぐ大きな太鼓橋に出た。橋のいただきで、彫刻を施した大理石欄干に肘をついて河面を見おろす。とうとうあふれんばかりの黒い流れが、あちこちにのぞく鋭い岩を叩いて白い水しぶきを上げる。早瀬にめまぐるしくあらわれる小さな渦を目で追いながら涼むうちに、気分がさっぱりした。

通行人はあまりない。この界隈はお邸街らしく右岸は宏壮な邸が軒をつらね、左岸は守備隊屯所で、いかめしい楼門つきの長い外壁にぽつぽつ矢狭間がうがってある。風がないので、色とりどりの軍旗はどれも力なく垂れていた。

その姿めがけて、布底鞋《ぐつ》をはいて足音を消した賊の二人組が忍び寄る。だが、すぐそばまできてたがいに顔を見合わせ、しっぽを巻いてかぶりを振った。こんな図体の大きいこわもて相手じゃ、束になったって勝てやしない。

喬泰《チャオタイ》の方は内心途方に暮れていた。狄《ディー》判事の真意をおしはかろうとしてはみたが、じきにさじを投げた。自分のおつむじゃわかりっこないし、どうせ判事どのの口から事情を話してもらえるさ——一段落してひまができたら。鳳棲酒楼のすえた酒がいつまでも口に残っているので、ぺっぺと河に吐き捨てた。平来居《ポンライ》残り組の洪《ホン》警部や馬栄《マーロン》の顔をうらめしく思い出す。あーあ、今頃あいつら、政庁向かいにある行きつけの九華園で上酒をたらふく飲んでんだろな！ さもなきゃ、おおかた馬栄《マーロン》がきれいどころといちゃいちゃしてるころあいだろ！ まあこのさいだ、女ってのもいいな。だが、娼館のくろうとにはどうも食指が動かん。ためいきまじりに鳳棲酒楼へ引き上げることにした。いくらなんでも、もう乞食どもは帰ったあとだろう。

橋を降り、河堤をしばらく歩く。一瞬、またつけられているという薄気味悪さがきざした。だが、こうして孔山《クンシャン》とおおっぴらに手を組んだあとまでつけられるいわれはなかろう。そこで南方面への脇道に折れた。

見れば、竹塀のかなたに大きな邸が鎮座し、窓が開いていた。こんな遅くに起きてるなんて誰だよ、と、つま先立ちで路上から中をのぞく。化粧台の銀燭台一対がこうこうと照らす贅沢な室内で、女がしどけない白絹の夜着で鏡をのぞいて、髪をとかしていた。

すっ堅気の女ならこんなふうに自分から人目に立つわけがない、たぶん一本立ちの妓女だろう。喬泰《チャオタイ》はそう見当をつけ、目の保養としゃれこんだ。熟しきった三十がらみ、細面のじつにいい女だった。見るからに喬泰《チャオタイ》好みの、もののわかった年増ざかりだ。短い口ひげを引きながら思案するに、かけねなしのいい女なら相手にとって不足はないし、かなり食指も動いている。ただし相手は高級な上玉、向こうも乗り気になったとして値段の点で折り合うかどうか。目下の手持ちはたったの銅銭二さし、銀一粒までいかずとも銅銭五さしはないとまずかろう。そうはいっても顔つなぎだけでもしとくか、うまくすれば明晩の予約をおさえられる。ま、とにかく、いちかばちか粉かけてみるとしよう。

塀の竹門を開けて上品にまとめた小さな花壇を抜け、あっさりした黒塗りの戸を叩く。さっきの女が手ずから開けにきた。とたんにきゃっと驚いて、袖であたふた自分の口をふさぐ。ずいぶんな戸惑いようだ。

喬泰《チャオタイ》が鄭重に一礼する。

「わが妹《いも》よ、こんな時間に申し訳ない。ここを通りすがりに、窓辺で髪をくしけずるそのお姿が目に入り、ひと目でぞっこんになりました。こちらで片時なりと旅の憂さを忘れかたがた、ともに語らうわけには参りませんか?」

相手は白皙の顔にかすかな迷いを浮かべて上から下まで検分ののち、ふっと目もとをなごませてしとやかにこう述べた。

「別の約束があったんですけど……だいぶ待ったのにちっ

目の保養

とも来なくって。ですから、お入りいただいても構いませんわ」

「いやそんな、ほかに約束があるなら横入りする気は毛頭ありません。明日にでも出直しますよ！」喬泰《チャオタイ》がすかさず言う。「目当ての人はおっつけ来ますよ——来なかったら、とんだばかをみる！」

女がころころ笑う。笑うといっそういい女だ。

「お入りになって！」と勧める。「こうしてみると、なかなかの男ぶりねえ！」

一歩さがって喬泰《チャオタイ》をなかへ通す。

「おかけになってて」と、しなを作る。「髪をやるあいだだけ、すぐすみますから」

喬泰《チャオタイ》は三彩の腰掛を使いながら、内心では気がくじけていた。別の晩があいてりゃ御の字ってもんだ、どうみたってこいつは極上品《ごくじょうぼん》の高嶺の花じゃねえか。床にはふかふかの青絨毯を敷きつめ、壁は豪奢な錦でおおわれ、ゆったりした寝椅子は精巧な螺鈿の黒檀むくだ。化粧台にすえた鍍金香炉はいかにも高そうな香をくゆらせている。そこに座って口ひげをいじりながら、なだらかな背からふくよかな尻にかけての曲線を堪能し、長く豊かな髪をすく白い腕のしなやかな動きをひとしきり目で追ったのち、こう声をかけた。

「あなたほどの美人なら、さぞかし名前もきれいだろう！」

「名前？」丸鏡にうつる女の顔がにっこりする。「それじゃ、秋華って呼んでくださいな」

「いい名だ。だが、絶世の美人にはどんな名でも充分じゃありませんよ！」

女はさもうれしそうににっこりし、寝椅子のふちに腰かけて脇卓の扇を取り、ゆるゆる使いながら喬泰《チャオタイ》の品定めにかかった。

「お強そうね。お面も悪くないわ、ちょっと厳しいけど。お召し物は上等だけど地味、着こなしにはてんで無頓着。当ててみましょうか？　休暇中の士官さんでしょ！」

「いい線いってる！」と、喬泰《チャオタイ》。「さっきも言いましたが旅行中でね、このまちに来て、まだ間がないんですよ」

つぶらで賢そうな目が、じっと喬泰《チャオタイ》に見入る。おもむろに尋ねた。

「威炳《ウェイピン》には長逗留なさるおつもり？」

「わずか二、三日ですよ。ですが、こうしてお目にかかったあとでは、ずっと住んでいたいほどです！」

女がふざけて、扇でその膝をかるく叩く。

「まっ。きょうびの軍じゃ、士官さんに殺し文句まで仕込んでるのね？」などとあだっぽく秋波を送り、たわわな胸もとをさりげなくはだけてみせる。「ああ、暑い暑い。夜だっていうのに！」

腰掛の喬泰《チャオタイ》がそわそわする。このへんでやりて婆がお茶を持ってあらわれる手はずじゃないのか？　これだけ露骨に乗り気なら、あとは花柳界のしきたりに沿ってやりてと話をつければすむ。もはや触れなば落ちん風情の女に、せきばらいした喬泰《チャオタイ》が遠慮がちにたずねた。


「ええと……ばあやさんは？」

「あらっ、ばあやに何かご用なの？」と、さも心外そうに眉を上げる。

「いやその、ちょっと話が……」

「話って？　何のお話？　私ではだめ？」

「しらばっくれない！」喬泰《チャオタイ》が笑う。「身も蓋もない話に決まってるでしょうが！」

「んもう、だからいったい何の話よ？」女がじれる。

「あのな、まったく！」喬泰《チャオタイ》がしびれを切らす。「どっちも子どもじゃないんだ、そうだろ？　花代はいかほどとか、ご休憩の時間決めとかさ！」

とたんに女が扇を口もとにあてて大笑いする。内心かなりうろたえたものの、喬泰《チャオタイ》も調子を合わせてとにかく笑った。ひとしきり笑ったあと、女がすましてこう言う。

「ごめんなさいね、言い忘れてたんだけど。ばあやはちょっと具合を悪くしてるの。そんなわけで、しょうがないから、さっき〝身も蓋もない〟とやんわりおっしゃった方面は相対《あいたい》でいきましょう。さてと、はっきりうかがいましょうか。私の値打ちはいくらだとおっしゃるの？」

「一万金ですとも！」喬泰《チャオタイ》がねんごろに答えた。

「いいわねえ、大好きよ！」女が嬉々とする。「しかも獣なみにお強そう。きっと、おうちに帰れば奥方たちは息もたえだえね。そうねえ、今日だけは特別ってことにしときましょうか。しばらくここにいていいわ。なんでしたっけ、身も蓋もない嫌なお話は抜きで。私の方はたまたま予定があってじき旅に出るの、だから出直していただいたところで仕方ないしね。そんな次第ですから絶対に約束してくださいな。今夜だけよ、もう二度と来ないでね！」

「胸がはりさけそうだ、だが、約束しますとも！」どこの金持ち旦那かしらないが、こんな上玉連れの旅だなんていいご身分だぜ、まったく。立っていって並んで腰をおろし、女の肩を抱く。そして、ひたと唇を合わせながら夜着の帯をほどきにかかった。

8

梁上君子《こそどろ》は手並みを誇り
おいしい話をもちかける

喬泰《チャオタイ》が鼻唄まじりで鳳棲酒楼に帰ってくると、がらんとした酒場では、石竹ひとりでむっつりと竹箒をつかっている。

「白面書生はどこよ？」

「その辺だよ！」いちばんかけ心地のよさそうな古びた籐製の肘掛椅子に、そうっと腰をおろした。「大きな茶瓶に茶をいれといてくれ。おれじゃなくて連れ用だ、がぶ飲みするんでね！　ときに、孔山《クンシャン》は来たかい？」

石竹が顔をしかめる。

「来たよ、ほんとにやなやつ！　あんたら両方とも留守だって言ってやったら、後でまた寄るってさ。いくら不見転《みずてん》のあたしでも、孔山《クンシャン》とだけは金十錠くれたってまっぴら！」

「なら、目えつぶってりゃいいじゃねえか？」喬泰《チャオタイ》がそう言う。

「いや、不細工だから嫌なんじゃなくてさ。凶暴で、血を見るのが好きなやつなんだよ。たとえ金十錠もらったって、喉首かっ切られたんじゃ使い道もへったくれもないじゃん」

「地獄のお閻魔さまにつかませとけよ、袖の下になる！　だがまあ、孔山《クンシャン》はおいとこう。で、おれならどうだい？」

石竹がそばに寄ってじろじろ見ると、ふんと鼻であしらう。

「あんたかい？　一週間ほどして元に戻ったら、もしかしたらね！　やにさがったその面でわかるよ、いかにもやりそうなことをさんざっぱらやらかしてきたんだろ。しかもこの匂い、かなりお高いうちだね！　こんなざまじゃ、あたしの裙《スカート》めくるのも無理さ！」そう言い捨てて厨房に消えた。

喬泰《チャオタイ》の方ではげらげら笑いこけたあと、椅子にだらしなくのびて卓に両足をのせ、じきに高いびきをかきだした。戻ってきた石竹が大きな茶瓶を卓にのせ、あくびして売り台について歯をせせりだす。そのうちに戻ってきた狄《ディー》判事に戸を開けてやり、「なんで白面書生が一緒じゃないの？」と気づかった。

「別の用事に回らせた」

「危ない目に遭ったりしないだろうね？」

「大丈夫だ、おれがついてる。あんた、疲れてるようだな、先に上がって休んだほうがいい。おれたちはもう少しここにいるから」

女が狭いはしご段をあがってしまったあとで、喬泰《チャオタイ》を起こした。

げっそり面やつれした判事を見て心配顔になり、急いで熱い茶をすすめる。「どうしたんですか？」

死体の件や滕《トン》知事とのやりとりを話してきかせるのもそこそこに、こそっと戸を叩く音がした。開けに行った喬泰《チャオタイ》が孔山《クンシャン》と出くわし、思わずぼやいた。「なんだよ、またかよ。ぶっさいくな鼻つっこみやがって！」

「礼のひとつも言っちゃどうだ！」孔山《クンシャン》が冷たく言い返す。「やあ、沈《シエン》さん！　新しいねぐらの居心地は悪くなさそうだね！」

「ま、かけなさいよ！」と、狄《ディー》判事。「たしかに、あんたにはよくしてもらった。そのわけを聞かせてもらおうか！」

「本音を言うと」孔山《クンシャン》が答えた。「あんたと相棒がお上にとっつかまろうが、刑場で首を落とされようが、おれの知ったこっちゃない。だが、どうしてもあんたらに手を貸してもらいたいんだ、急ぐやまがあるんでね。ま、聞きな！

この土地でいちばん腕っこきで経験豊富な盗っ人といったらおれさまだ。三十年以上やってるが捕まったことは一度もない。だが、腕っぷしはあいにく持ち合せがないんだ。力ずくなんぞ下の下と思ってるから、これまで身につけようとしたこともない。ただ、目下もくろんでるやまがあってね。うまくやろうと思ったら、どうしたって多少は腕っぷしが入り用になりそうなのさ。それであんたらふたりをよくよく見定め、これならと見込んだんだ。いまいましいが、分け前をやらんわけにはいくまいな。難しい段取りはおれのほうで全部すませたし、危い橋ったってささいなもんだ、だから、そんなにやらなくたっていいよな」

「ずばり言うと、こうか」喬泰《チャオタイ》がさえぎった。「火中の栗はこっちに押しつけ、てめえはいいとこどりしてどろんか。やらなくたっていいよな、だと？　たんまりもらうぜ、この蚤の金玉野郎め、好漢《おとこ》の風上にも置けねえ腐ったやつだぜ！」

最後が痛いところをついたらしく、血相変えた孔山《クンシャン》がこう毒づいた。

「腕っぷしがありゃ、好漢《おとこだて》きどりもそこそこ板につくわな！　女にかけても豪の者だってんだろ？　今夜はあんまりどっすんばったんやるもんで、さしもの寝椅子もひしゃげるかとひやひやしたね！　詩にもあったねえ、『時ならぬ驟雨　秋華を蹂躙す』とかさ！」

飛び上がった喬泰《チャオタイ》が孔山《クンシャン》の襟がみをとらえて床に転がし、膝で胸板をおさえて、大きな両手でやつの首をわしづかみにした。

「この腐れ野郎、つけやがったな！　そっ首ぶち折ってやる！」

そこをすかさず狄《ディー》判事が割って入り、喬泰《チャオタイ》の肩をとらえて叱りつける。「いいから手を放せ！　そいつの提案とやらを聞いてみようじゃないか！」

立った喬泰《チャオタイ》が孔山《クンシャン》の頭を手荒に放し、床にしたたか打ちつけた。おかげで相手はしばらく気絶し、首に血をにじませてごろごろ言わせるばかりだ。

まだ怒りさめやらぬ喬泰《チャオタイ》がどさりと腰かけ、言葉少なに述べる。

「今夜、妓を買いました。その濡れ場をこのどぶねずみにのぞかれたんです」

「ふうむ」判事があしらう。「おまえならもっと慎重にやるかと思っていたのだが。それはそれとして、だからといって取り調べを中断するな。その悪党の頭に水をかけろ！」

売り台に行った喬泰《チャオタイ》が大きな洗い桶をかかえてくると、孔山《クンシャン》に頭から浴びせた。「この犬野郎めなら、もうしばらく寝かせといたって一向に構わねえのに」ぶつくさ言う。

「いいから座れ！　滕《トン》の続きを話して聞かせるから」判事がいらだつ。

漆屏風のくだりが終わる頃には、喬泰《チャオタイ》の怒りもおさまっていた。「なんともたまげますね、閣下！」

狄《ディー》判事がうなずく。

「外部から押し入った賊に殺されたらしいと思う根拠のうち、最有力の証拠はなかなかご同役に言いにくいんだ。つまり、奥方が犯されていたという事実だ。それでなくても嘆き悲しんでいるところへ、さらなる追い討ちをかけるのもな」

「ですが、安らかな顔だったとさっき言われませんでした？」喬泰《チャオタイ》が尋ねる。「寝てる女を犯したことがあるなんて言うつもりはありませんが、それだって目ぐらい覚ますでしょうし、いやなら顔に出すもんでしょう？」

「謎だらけの本件にまたひとつ謎が増えるまでだが」と、狄《ディー》判事。「気をつけろ、孔山《クンシャン》が正気づいたぞ！」

喬泰《チャオタイ》の手で床から籐椅子に引きずり上げられると、孔山《クンシャン》は苦しそうに喉を鳴らしておっかなびっくり茶碗に手をのばし、ゆっくり飲んだ。それから喬泰《チャオタイ》に恨みごとを述べる。

「覚えてやがれ、この借りはいつか返すぜ！」

「おうよ、いつでもいいときにつけをよこしやがれ！」喬《チャオ》泰《タイ》が応じた。

悪意まんまんのひとつ目でにらんだ孔山《クンシャン》がせせら笑う。

「きいたふうな口ききやがって、尻軽後家に遊ばれたのも知らねえくせに、このとんま！」

「後家だあ？」喬泰《チャオタイ》が声をつつぬかせる。

「ああ後家だとも、それも亭主をなくしたばっかのほやほやだ！　てめえが入ってったのは葛基元《コウチーユアン》んちの脇門だよ。ついきのう身投げした絹屋だよ、ばーか。だから後家になったかみさんは悲しみを和らげようと、これまで亭主と使ってた主寝室から左棟の小さな女部屋へ移ったのさ。ところがそいつを妓女と勘違いしたばかがいる、女にゃ詳しいはずじゃなかったんかい！」

喬泰《チャオタイ》のほうは恥と無念で顔から火が出るようだ。何か言い返そうにもしどろもどろだ。かわいそうになった狄《ディー》判事が脇から助け船を出した。

「どうも葛《コウ》だんなの自殺は、女房の身持ちとなにやら関係ありそうだな」

孔山《クンシャン》が自分の喉をおっかなびっくりさすり、茶を飲み干して毒づく。

「身持ちのいい女なんかいてたまるかよ、葛《コウ》のかみさんだってそうだ。それにしても妙な縁もあったもんだ、あんたらと組んで踏もうっていうやまも葛《コウ》の商売がらみなんだから。手短に言うぜ、よく聞きな！　ひょんないきさつで、ここで両替屋をやってる冷呈《ロンチエン》の帳簿をたまたま手に入れたんだ。やつは葛基元《コウチーユアン》と組んで商売するかたわら、家産運営の相談にものってたってえ間柄だ。これでも帳簿にゃ詳しいんでね、見りゃわかったさ。冷呈《ロンチエン》め、この二年間に収支勘定をごまかして葛《コウ》じいさんから金をくすね、たいそうな額をねこばばしてやがった。しめて、黄金でざっと一千錠がとこよ」

「その帳簿だが、手に入れたいきさつは？」狄《ディー》判事がただす。「腐っても両替屋だ、そんな大事なもんをそんじょそこらに置きっぱなすわけがなかろう！」

「てめえの知ったことか！」孔山《クンシャン》がけんつくを食らわす。

「そこで、おれは……」

「ちょっと待ってもらおうか！」判事がさえぎった。「たまたまおれも帳簿には詳しいんだ——だからこそ、ちょっと巡査長をよしてあたふた逃げるはめになった。あのややこしい商取引の記録を読みこなして秘密まで見破れるとしたら、離れ業もいいとこだ！　嘘つくにしたって、もうちょっと現実味のある話を考えたほうがいいんじゃないのか！」

孔山《クンシャン》は探るように判事を見た。

「どうも、あんたは抜け目がないらしい。まあ、どうでも一部始終を知りたいってんなら教えてやるがね、葛《コウ》の邸に行ったのは一ぺん二へんじゃきかないんだ——むろん、あちらは知らぬが仏さ。それで金庫を調べてみたら、手もと金が黄金で二百あった——今じゃあ、おれの手もと金だ——それと一緒に書類も入ってたんで、かなり本腰入れて調べてみた。その書類が冷呈《ロンチエン》の帳簿の、いうなれば裏書になったのさ」

「そういうことか！　それで？」

孔山《クンシャン》が袖から紙きれを出して卓にのせると、ていねいにしわを伸ばし、蜘蛛のような人差し指で叩きながらこう述べた。

「こいつはその帳簿からちぎってきた。朝になったら、ふたりでこいつを持って冷呈《ロンチェン》を訪ねていき、ねたはすっかり割れてるんだって言ってやんな。そして冷《ロン》に飛銭（手形のこと）を二通書かせるんだ。額面はそれぞれ黄金六百五十と五十、宛名はなしだ。これっぱかし出したって、あいつの手にゃまだ黄金で三百あるんだ、ばかにしたもんじゃねえ。そっくり巻き上げてやりたいのはやまやまだが、相手にも逃げ道をあけといて窮鼠猫を噛む気を起こさせねえのが、ゆすり稼業のこつってもんだ。六百五十の方はおれによこし、五十はそっちでとっときな。山吹色が五十も転がり込むんだ、うめえ話だろ？」

醜い相手を射抜くようににらみすえ、頬ひげをなでていた狄《ディー》判事がやおら口を開いた。

「孔山《クンシャン》、さっきは相棒がちと不作法したが、あいつの言い分にも理があったようだな。なるほど盗みや押しこみにかけては凄腕らしいが、さしで勝負する度胸は持ち合せがない。面と向かって両替屋をゆするだけの肝っ玉はない。そいつは自分でもわかってるだろう」

とたんに孔山《クンシャン》が落ち着きをなくし、「で、どうなんだよ、乗るのか？」と開き直る。

判事がさっきの紙きれを自分の袖にしまった。

「乗る。ただし、きれいに山分けだ。こうしてこの紙をよこしたからには、おまえが握ってる帳簿の残りがなくったって冷呈《ロンチェン》をゆすれるんだ、肝に銘じとけ！　だから、おれたちでお宝をそっくり一人占めしていけないわけがあるか？」

「まったくだ！」喬泰《チャオタイ》がうれしそうににやりとした。

「じゃあ、その下手人両名の居場所をおれが政庁にちくったって、いけないいわけがあるか？」孔山《クンシャン》が意地悪く訊き返す。

「ないね。だが、おまえにゃ無理だよ！」判事はみじんも動じない。「さ、腹を決めてもらおうか！」

孔山《クンシャン》が敵意をこめてにらみ、神経質にひきつる頬をおさえようとする。とうとう言った。

「なら、それでいい。五分の山分けだ」

「ようし、決まった！」判事が満足そうに言う。「朝いちばんに冷呈《ロンチエン》さんを訪ねてやろう。あちらさんの居場所はどこなんだ？」

銀匠と両替商をかねた冷呈《ロンチエン》の店のありかを教えると、孔《クン》山《シャン》は立って出て行こうとした。が、狄《ディー》判事がその腕に手をかけて愛想よくひきとめた。「まだ宵の口だぜ。手打ちの祝杯をあげようじゃないか」喬泰《チャオタイ》には、「売り台奥から、伍長とっときの酒がめを探してこい！」

もうくたくたのはずなのに、判事どのはどうしてこんな箸にも棒にもかからない屑をひきとめてだべりたがるんだ、と、いぶかりながら喬泰《チャオタイ》は腰を上げた。売り台の下から二段めの棚に給仕がおさまってぐっすり寝ていた。伍長の酒がめは三段めにあり、かかえて戻った。

そろって乾杯すると、狄《ディー》判事が口ひげをぬぐってこう言った。

「あんたは腕っこきの泥かもしれんがね、孔山《クンシャン》。おれらの仕事に比べりゃ子供だましさ。いくつか、道中の大立ち回りを話してやろうか。覚えてるか、相棒。そら、江蘇省《キアンス》のあの時さ……」

「てめえらの自慢話なんぞ聞きたくもない！」孔山《クンシャン》がへそを曲げる。「腕っぷしに物を言わせる一方の芸のねえ仕事だろ、そこへいくと、おれはおつむを使ってるんだ！　盗みってのはな、いっぱしの腕になるまでにゃ何年もかかるんだよ」

「ばか言え！」狄《ディー》判事が声をはりあげる。「外から錠をはずすぐらい、おれでもできる！　そうやって入っちまえばあるじを押さえつけ、お宝はどこですかいと鄭重におたずねして、取ったらどろん！　ぞうさもないもんだ！」

「ばかはおまえだよ！」孔山《クンシャン》がかっかとする。「そんなのは、おつむの悪いそこらの賊の手口だろ。一度や二度はうまくいくが、いずれ逃げ切れずにお上につかまる。おれは自分で編み出した奥義で三十年間渡世してきたんだ。まちごとに二年ぐらいは落ち着いて仕事するが、これまで一度だってつかまったことがないぞ」

判事が、これみよがしに喬泰《チャオタイ》相手に目配せする。「口から出まかせもいいとこだ。今の、聞いたか？ 奥義だってよ。師弟相伝、満月九日過ぎを選んでご伝授いたすってやつかい！」

「おまえらどっちも、がさつ一方の荒くれ風情だ」孔山《クンシャン》が見下す。「話してやっても害はあるまい。まねしようったって無理だからな。こうするんだよ。まずは何週間かかけてその家のことをきっちり調べ上げる、同居の家族それぞれの暮らしぶりにいたるまでな。ちっとは金をつかって下男下女やら近所の店に聞き込みをかける。その上で押し込むわけだが、はじめは何もとらない、時間はいくらでもあるんだ。だから家のうちをひとわたり見るだけにしておく。戸棚の中や垂れ布の陰や衣裳箱の中で体を丸め、四柱寝台奥の狭い隙間なんかにもぐりこめば、何時間でも隠れていられるからな。そうやってふだんの暮らしぶりを見届け、夫婦の睦言に耳をすまし、人目がないと安心しきっている様子を探るのよ。そこでやっと最後の押し込みにかかる。錠前を力ずくでぶち破ったり、やっきになって捜し回ることもない。人を構いもしなけりゃ、ものの置き場所を変えることもない。金の隠し場所があるにせよ、持主よりよく知ってるし、金庫の鍵のありかまでちゃんと心得てるからな。おれの姿を見た者も、気配に気づく者もない。それどころか、数日たってようやく金がないと気づくなんてこともよくあるのさ！ それでも盗人のしわざだとは思わない。思うどころか、亭主は女房に、女房は妾どもにあらぬ疑いをかけ……わしのせいで、数え切れないほどの行き違いが生まれ、あたら仲よし家族にいがみあいの種をまいたかもしれんな！」口に手をあてて含み笑いすると、つっけんどんに、「さてと。お利口ちゃんたち、これで、おれさまのお手並みのほどがわかったか！」

「大したもんだな！」判事が感心してみせる。「認めるのはしゃくだが、まねができん。その奥義をもってすりゃ、閨方面でのぞき見して覚えた男女の機微もひとつやふたつはあるんだろ。ちょいと新機軸の体位や技とかな」

孔山《クンシャン》が顔をひどくゆがめ、鬼気迫る表情になってわめく。「やらしい軽口叩くんじゃねえ！　腐れ男どもが女とからむ軽業なんぞくそくらえ。閨に隠れて見聞きする一部始終ほど胸糞悪いもんはねえんだよ。恥知らずな女どもめ、甘ったるい声でからだをちらつかせて亭主を誘い、いやよいやよで亭主の鼻面とって好き放題に引き回してやがる。情人《いろ》になら見返りなしでやらせてやるってのに。へどが出る、虫酸が走るぜ……」そこではっと我に返る。脂汗を額にうかべ、ひとつ目で判事をぎろりとにらみつけて腰を上げ、しわがれ声を出した。「明日の昼、また来るぜ」

出て行って戸を閉めるが早いか、たまりかねたように喬泰《チャオタイ》が愛想をつかす。

「まったく、どこまで性根の腐ったやつだか！　どういう風の吹き回しで、あんなよた話をお聞きになろうなんて気を起こしたんですか？」

「それはだな」狄《ディー》判事は平然としている。「あいつの口から押し込む手口を聞きたかったからだよ。滕《トン》夫人の部屋に何者かが侵入した手口の参考になるかもしれん。それとは別に、孔山《クンシャン》の性格を掘り下げてみたかったのだ。欲求不満がどれほど人の心をゆがめるか、じつに勉強になったよ」

「急にすり寄ってきやがって、どんな魂胆なんだか？」喬泰《チャオタイ》は容赦ない。

「おそらく、こいつらはゆすりの手駒に使えるとふんだからだろう。私なら人品骨柄もまあ卑しからず、というか、ぜひともそうであってほしいが、両替屋の主人の部屋に通されて直談判できそうだとみたんだな。おまえのほうは、必要なら腕力にものを言わせてにらみをきかせるだろうと。それに、ふたりともここでは新顔だ。これほどおあつらえ向きの悪党二人組はおいそれと見つからんだろう。しつこくつきまとうのはきっとそのせいだ。だが、まだ油断は禁物だな。あっさり山分けの申し出をのんだのも気にいらん。二枚腰、三枚腰でもっと粘ってみみっちく値切ってくるかと思ったのに。ま、いずれにせよ孔山《クンシャン》が死ぬまで牢屋暮らしをするようにはからわんと。野放しにしておけんほど、極悪非道で剣呑なやつだ」眠い目をてのひらでごしごしやり、さらに、「検死役人あてに一筆書きたい。硯と筆を捜してみてくれないか。伍長に欠かせぬ品のはずだ、たとえ○や×を書くだけでもな」

喬泰《チャオタイ》が売り台の裏を探り、不潔な欠け陶硯とちびた筆を出してきた。その穂先を狄《ディー》判事が蠟燭にかざして舐め、なんとか使いものになる程度にそろえた。さきに滕《トン》知事の机から失敬してきた公用箋と封筒を袖から出し、お役所風の無個性な筆跡でよどみなく書き上げる。

検死役人へ、ただちに四羊村へ出向くべし。緊急検死につき、立会いを請う。

威炳《ウェイピン》知事滕《トン》

その手紙を喬泰《チャオタイ》に渡して述べた。

「滕《トン》夫人のなきがらを検死役人に見せたくない。暴行の件を耳に入れて、それでなくとも打ちひしがれたご同役にさらなる痛打を与えるのもな。朝になったら市場にある大きな薬屋に行き、店主本人にこの手紙を渡すように。店のありかはすぐわかるはずだ。四羊村のほうは州府からの帰りに通ったな。馬で五時間はかかるから、明日いっぱいは検死役人を足止めしておけるというものだ」筆軸でちょっと頭をかき、さらに「滕《トン》になりかわって自由裁量で動く許しをとりつけたからには、勝手ついでに名を借りてもう一通書いてもよさそうだ」まっさらの公用箋に手早くしたためた。

人事担当官殿、要緊急。下記人物に関する情報求む。脱走兵劉《リウ》某、近年、西軍第三連隊にて伍長勤務経験者とのこと。関連項目抜粋の上、本状持参者に手渡されたし。

威炳《ウェイピン》知事滕《トン》

そっちも一緒に渡した。

「明日のいつでもいい、これを屯所に届けてきてくれ。かくなるうえは、もう数日ほどは伍長の厄介にならずにはすまされまい。ならば、ことわざにもあるように、ろくに知りもしない者の家に泊ってはいかん。さて、階上《うえ》であてがわれた部屋を調べるとするか!」

9

眠れぬ悩みは人それぞれ
うしろめたさも各人各様

狄《ディー》判事にとっては、最低のひと晩だった。二人にあてがわれた部屋は豚小屋なみで、そまつな板寝台二つで大入り満員というありさまだ。とりあえず、着のみ着のまま横になりはしたものの、すぐさま飢えた小さな虫が上衣なぞそっちのけでぞろぞろもぐりこんできて、眠るどころではなかった。喬泰《チャオタイ》はそれよりうまく切り抜け、ふたつの寝台にはさまれた床にごろ寝して頭を戸口に向けた。そして、うすっぺらな板壁ごしに周囲からとどろくいびきの大合唱にまじってあっさり寝てしまった。

夜明けそうそうにふたりとも起きだし、階下に降りた。酒場にはまだ誰も出てきていない。どうやら鳳棲酒楼の連中は早起きを信奉していないらしい。喬泰《チャオタイ》がかまどをたきつけて湯を沸かし、ともにささっと身づくろいをすませると、判事用の茶をいれてから、検死役人あての手紙を届けに出ていった。狄《ディー》判事のほうは隅の卓で一服する。

そこへ石竹がおりてくると売り台をこぶしで叩いて給仕を起こし、厨房にひっこんで朝粥の支度にかかる。ほどなく伍長や手下四人も起きてきた。伍長は判事の卓に椅子を引きよせたものの、茶をすすめられるといやな顔をし、石竹をどなって熱燗を運ばせた。さもうまそうに飲み干してから、こうたずねる。

「で、ゆうべはどんなあんばいだったね、兄貴?」

「ほとけさんはいいうちの女で、金も身分もある」判事は答えた。「下手人も金に困っちゃいないね。こんな金目の物を取らずにおいたんだから」袖からあの耳環と腕輪を出し、卓に並べた。「こいつがさばけりゃ、もうけはあんたと山分けだ」

「すげえ！」伍長が感心する。「沼地まで行った甲斐があったじゃねえか？　まったくだ、内輪の仲間うちにばらされたんだな！　そんな逸品なら、売れりゃがっぽりだぜ。その下手人を探ってみな、ゆすれるぜ！　で、ゆするついでに言ってやってくんねえか、もしもまた女を殺《や》る気なら、おれっちの縄張り外でやってもらいてえんだがってね」

そこへぼろをまとった物乞いが入ってくると、粥をねだった。そして売り台わきに立ってがつがつ平らげてしまうと、伍長にこう声をかけた。

「親分、聞いたかい？　いましがた知事のかみさんが死体で見つかり、政庁へ運ばれたよ。あすこの沼地にあったんだ」

伍長は拳で卓を打ち、荒々しくののしった。

「くそいまいましいったらねえや、さっき身分があるって言ったっけが、大当たりだ！　兄貴、下手人を早いとこ探したほうが身のためだぞ！　血みどろになるまでぶちのめして、お上に突き出してやんな。くそっ、罰あたりめ——よりによって、知事のかみさんとはなあ！」

「なにをそんなに騒ぐ？」狄《ディー》判事が啞然とした。

「お上の役人がどうだか知ってるだろ？　喉かっさばかれた女があんたやおれのかかあなら、届け出たって巡査にぶちのめされ、家長の目配り不行き届きでおしまいよ。ところが知事のかみさんとくりゃあよ、兄貴、話はまるで違うさ！　ばらしたやつがとっとと見つからなきゃ、それこそお上のさしがねでいろんなやつがわらわら出てくるぜ。軍警察に密偵、州の隠密に御史台なんぞの有象無象が動いてよ、われこそはお上の者だ、御用だ御用だって騒いでまちじゅう這いまわり、城内しらみつぶしに調べて手当り次第にふんじばるのよ。こうなりゃ三十六計だ、急いで荷物をまとめてずらかるよりほかねえよ！　だからこそ焦ってるし、兄貴、あんたにも調べにかかれってのさ！」

渋い顔で杯をにらむ相手に、狄《ディー》判事が言った。

「だが、下手人が女と同じ身分だとすりゃ、調べるのも骨だな」

「そんなの、情夫《いろ》に決まってるだろ！」伍長がいきまく。

「良家の奥方連中ってのはどうしようもねえ！　あいつらの操なんざ、下々の売女どもとちっとも変んねえゆるゆるだよ！　飽きられた女が騒ぎ、頭をぶんなぐられたのさ。大昔からよくある話さ！　ところで、手下どもを集めてこの金目の品をちょいと見せてみようぜ。女が知事の穴兄弟とどの辺で遊んでたか、あいつらなら割り出せる。下手人めの手がかりになるぜ」

何の気なしに相槌をうったあと、判事がふと粥から顔を上げ、不思議そうに訊いた。「その連中に何ができるっていうんだ？　女の顔を見たってわからんだろうに！」

「女のつけてる金目の方は見分けがつくだろうが？」伍長がじれったがる。「あいつらの稼業なんだぜ！　歩きや輿で豪勢な身なりの女が通るだろ、おれらは面をのぞこうとするよな？　ところが乞食どもは、女のつけてる飾りしか見ねえんだ。習い性なんだ、それで食ってんだから！　面《ヴェ》紗《ール》から高そうな耳環がのぞく、ごたいそうな腕輪をはめた手が輿の垂れ幕をちょいと寄せる。するってえとさっそく値踏みして、ものが良けりゃ、あとをつける甲斐も出てくるさ。うまくすりゃ値打ちもんの手巾《ハンカチ》がひょっこり落ちてきたり、金だってちったあ落とすかもしんねえ。名工の手になる注文品だったりすりゃ、手下がどっかで見た覚えがあるかもしんねえ。これで得心がいったかい?」

　狄《ディー》判事はうなずいて、宝石類を伍長のほうへ押しやった。

面白い勉強ができるぞ。いつか役立つ折があるかもしれない。そこへちょうど入ってくる喬泰《チャオタイ》をみとめたので、伍長に言った。

「ちょっと野暮用に出かけてくる。すぐもどるよ」

　市場さして歩きながら喬泰《チャオタイ》がたずねた。

「まっすぐご同役の滕《トン》さまに出向いて、両替屋の使い込みを通報なさるんでしょう?」

「まあ、あせるな!」と判事は答えた。「まずは冷呈《ロンチエン》を訪ねる。ゆすってみて、孔山《クンシャン》の話の真偽を確かめてからでも遅くはない」

　啞然とした喬泰《チャオタイ》が言葉を失っていると、判事はさらに続けた。

「もしも冷呈《ロンチエン》がおとなしくゆすりに応じるようなら、横領を働いたと認めたことになる。ただし、孔山《クンシャン》がたちの悪いわなをしかけた可能性も考慮しなくては。両替屋の反応をよく見定めるとしよう。そのまま話を進めるようなら、合図でしらせる」

　喬泰《チャオタイ》はうなずき、せいぜい上首尾を願った。

　市場のなかでも一等地の角に、大きな二階建ての堂々たる店がある。そこが冷呈《ロンチエン》の両替屋だった。開け放しの店頭いっぱいにわたした売り台は二丈（六・六メートル）はかたい。そこにずらりと十数名の店員が並び、客の応対や銀の量目、宝石の査定、銀と銅銭の両替などの諸業務に追われている。にぎやかな店頭でひときわ一本調子に響くのが、手代ふたりが交互に復唱していく算盤《そろばん》合わせの声だ。

　売り台の端で、番頭が高机についてさかんに算盤をはじいている。狄《ディー》判事はそちらへ寄って行き、格子のはまった窓口の下から名刺を差し入れて鄭重に声をかけた。

「できれば冷《ロン》さんご本人をお願いする。飛銭を仕立てたいんだが、額面がなにぶん大きいんでね」

番頭は大男二人連れにうろんな目を向け、目下のお取引は、などとあれこれ訊いてきた。狄《ディー》判事は米相場での儲け話をでっち上げ、事情通らしい口ぶりで納得させた。それでひと安心した番頭は、さきの名刺にちょこちょこっと添え書きすると、小僧を呼んで二階へ持たせた。しばらくするとその小僧が、だんなに言われて沈《シェン》さんとお連れの方を迎えにきた。

白い喪服に居住まいを正して朱の大机に向かう両替屋が、やつぎばやに手代二名に用事を言いつけるかたわら、窓辺にすえた茶卓の高椅子二脚を客人にすすめ、手代の片方がすぐさま茶を出した。手代どもに指示を出し終えるまでを狄《ディー》判事がとっくり眺める。見たところ、この冷《ロン》というやつ、どうも気がかりがあるらしくて顔色がすぐれない。次に室内を見渡す。机の背後にかかっている画軸はなかなかいい。蓮の花を描いた力作に、躍動感あふれる達筆で楽府《がふ》と呼ばれる長詩をつけている。判事の席からは署名しか読みとれないが。「愚弟徳《デ》謹筆」まちがいない、弟にあたる若手画家冷徳《ロンデ》の手になる作だ。法廷の傍聴席で聞いた話だと、当の画家は二週間前に死んだそうだが。

手代をさがらせた冷《ロン》が今度は客に向き、てきぱきと用件をたずねてきた。

「額面千金の一部を飛銭に仕立てたいんだがね、冷《ロン》さん」狄《ディー》判事がさらりと述べた。「その取引にあたっては、なにはさておきこの書類がないことには」

袖からあの帳簿の断片を取り出し、卓にのせた。

とたんに冷《ロン》が顔色をなくし、呆然自失のていでその紙きれを見る。ひとまず緊張を解いた狄《ディー》判事がうなずいてみせると、おみこしを上げた喬泰《チャオタイ》が戸に鍵をかけに行った。さらに、窓に近づいてよろい戸をしめる。その動作を恐れおののく両替屋の目が逐一追いかけた。さらに両替屋の背後に回って立つのを待って、狄《ディー》判事がまた口を開いた。

「言わずもがな、残りも持っているよ。ずいぶん厚い帳簿だ」

「どこから手に入れた？」冷《ロン》の声がこわばる。

「なあ、冷《ロン》さん！」判事がたしなめる。「話をそらすのはやめないか。こっちだって、べつにわからずやじゃないんだ。だが、なにぶんにも名刺にもうたってあるように周旋屋なのでね、そちらさんの儲けからも手数料をいただいてしかるべきだろう。見積りでは、ざっと千金がとこは捻出したようだし」

「いくら欲しいんだ！」両替屋が出ない声をふりしぼる。

「たった七百金だよ」狄《ディー》判事はしれっとうそぶいた。「それでも、出直しにいりような元手ぶんぐらいはまだ手もとに残るだろう」

「ふたりまとめて政庁へ訴えてやる！」冷《ロン》がもごもご言う。

「じゃ、こっちからもあべこべに訴えてやらんといかんな！」判事が愛想よく応じた。「それでおあいこだ」

そう聞いた冷《ロン》が、がばと両手に顔をうずめてわあわあ泣きだす。

「天罰があたったんだ！　葛《コウ》の亡魂が仕返しに戻ってきた！」

そこへ戸を叩く音がした。冷呈《ロンチェン》がすぐさま立ち上がりかけたが、喬泰《チャオタイ》がどっしりと両肩に手をのせておさえつけ、声をひそめて耳元ですごんだ。

「いま興奮したらだめだろう、うん？　身のためにならんよ！　悪いこた言わんから、あっちへ行けと言いつけるんだ！」

「あとにしてくれ！　いま取り込み中なんだ！」両替屋が言いなりに声をはりあげる。

その様子を見守りながら、狄《ディー》判事は黙って頬ひげをなでていた。そこでおもむろに口を開く。

「葛《コウ》は横領の件を気づきもしなかった。それなのに、どうして亡魂の報復を怖れたりする？」

両替屋が愕然とした。

「何の話だ？」と、息を乱す。「なあ、封筒の封は切ってあったか、なかったか？」

両替屋が口走っているのが何のことやら、判事にはさっぱりだった。孔山《クンシャン》が帳簿を盗んだ先は冷呈《ロンチェン》の邸でほぼ間違いなかろう。だが、どうやら思ったよりもいささかこみいった事情があるらしい。じっと考えこんだ。

「うーん、とくに気にとめなかったが……」あらためて熟考するに、きっと封筒に入れてあり、封もたぶんしてあったんだろう。「ああ、思い出したぞ！ 封は手つかずだった」

「ありがたい！」と冷《ロン》は叫んだ。「そんなら、私のせいで死んだんじゃないぞ！」

「そこまで吐いたんだ、洗いざらい話してしまったほうがいいぞ！」狄《ディー》判事がそっけなく評した。「さっきも言ったように、こっちだってまんざら聞く耳持たないわけじゃない。なんなら、間に入って口をきいてやってもいいんだ」

冷《ロン》は額の汗をぬぐった。どうやら、洗いざらい心の重荷をおろしてしまいたい様子で、こう語りだした。

「われながら、ばかげたへまをしでかしたもんだよ。夕飯に招きついでに、目を通しておきたい書類一式を持ってきてくれと葛《コウ》さんに言われたんだ。それで、言われた書類を封筒に入れて封印し、懐中していった。ところが邸についたらうっかり渡し忘れ、さしこみを起こす直前の食事中にあらためて催促された。それで懐中に手をやったはいいが、あろうことか、出したのはあの帳簿を入れた方の封筒だった。いつも肌身離さず持ち歩いているんだ、大きさも重さも事務書類の寸法と変わらないから。封筒を渡したあと、葛《コウ》さんが薬を取りに母屋にひきあげたあとになって、大へまに気づいた。それで河へ身投げしたのをまのあたりにして、一も二もなく思いこんでしまった。あの人は部屋で封筒を開き、親友のはずの私がとんだ食わせ者だったと悟って、世をはかなんだのだと。おかげでこの二日ほどは恐ろしい呵責の念にさいなまれ、もう夜も眠れず……」

やるせなくかぶりを振る。

「それはそれとして、耳をそろえて言い値を払うほど懐に入れなかった、などと文句を言える筋合いじゃないな」狄《ディー》判事が述べる。「近いうちに高飛びする気だったんだろう？」

「ああ、そうだよ」冷《ロン》は答えた。「もしも葛《コウ》さんが死ななければ、今週中に姿をくらますにあたって、何もかも説明してひたすら許しを乞う置き手紙をしていくつもりだった。借金の支払いに九百金要る。あと百金を元手に、どこか遠方で一から出直す所存だと。ところが葛《コウ》さんがあんなことになってしまったので、死亡登記を早く受理してほしいと政庁に願い出た。そうすれば金庫に近づけるし、二百金がしまってあるのも承知している。だが、かくなる上は大急ぎで逃げるしかない。債務者連中にはあきらめてもらうよりほかあるまい」

「そうそう長居する気はないよ」と、判事。「単純明快にいこう。黄金はどこに預けてるんだ？」

「天雨金匠店だ」

「よし。その店あてに三百五十金の飛銭を二枚こしらえて、署名捺印しろ。ただし受取人は無記入にしておけ」

冷《ロン》は机のひきだしを開けて、両替屋の店印をべたべた押した大きな用箋を二枚出した。筆をとり、所定項目を記入する。

それを受け取って不備がないと確認したうえで、判事は袖にしまった。

「その立派な筆をちょいと拝借、用箋も一枚ほしいな」

椅子ごと向きを変え、書きものの内容を両替屋に見せまいとする。喬泰《チャオタイ》はあいかわらず冷《ロン》の背後でにらみをきかせていた。

茶卓に用箋を広げ、自分の手になるとはっきりわかる本来の字で短い伝言を書いた。

滕瞰《トンカン》大兄。御配下をすぐさま両替屋冷呈《ロンチエン》にさしむけ、詐欺横領容疑で捕縛されたし。葛基元《コウチーユアン》の死去とも関連あり。詳細については、のちほどまた。

弟狄仁傑《ディーレンチエ》再拝

書き上げて店用封筒に入れ、肌身離さず携帯している小さな私印で封をしたのち、立ってこう述べた。

「ではこれで、冷《ロン》さん！　一時間はこの店から出ないように。ここにいる相棒に、通りの向かいから見張らせておく。それ以前に出ようなんて気を起こせば、身のためにならんぞ。ことと次第によってはまたお目にかかろう！」

喬泰《チャオタイ》に戸の鍵を開けさせ、連れだって階下におりる。通りに出てしまうと、沈《シェン》名義の名刺を添えて滕《トン》知事あての伝言を託した。

「一刻も早く政庁に駆けつけ、すぐさまこの手紙を知事どののお目にかけるように！　私は鳳棲酒楼に戻る」

10

名だたる人の隠れた行状

まさかの事態にどう転ぶ

判事が酒場に入っていくと、売り台わきで伍長と破れ衣のじいさんが立ち話していた。そのふたりに給仕がお酌し、そばの腰掛では大あぐらの石竹が足の爪を切っている。

「おう、兄貴！」伍長が声をかけてよこす。「収穫あったぞ。こいつに話を聞いてみな！」

じいさんが赤くただれた眼でじろりと判事を見た。雨風にさらされてやつれた顔に山りんごのようなちりめんじわが寄っている。もつれて垢じみたあごひげをしごいて、ひょろひょろ声で言いだした。

「わしの縄張りは西門を左に入って二本行った通りの角でねえ。四軒さきにあいびき宿があるんですよ、高級なのがね。おかげで左うちわでいられるんでさ」

「いいとこよ」石竹もそう評する。「一度か二度行ったんだ、景気のいい時にね」

乞食がただれ眼を向ける。

「見たよ、まったく！」がみがみ言う。「次からはてめえの客にちゃんと言っときな、おいらのもらいにゃ銭二枚より少なかったら承知しねえぞってな！　通り相場はせめて四枚だって言ってやんな。それ以上だってちょいちょいあるんだぜ、ねんごろにもてなされてごきげんの旦那衆ならな！」

「横道にそれるんじゃねえ！」伍長が一喝した。

「ええと、親分に見せてもらった耳環をつけたべっぴんさんは二度来ましたよ。面紗《ヴェール》をかぶって顔を隠してたっけが、下からあの耳環がのぞいてました。若造とつるんで出てきてね、わしを見ると、『気の毒にね、この人に銭十枚あげて』相手は言うなりでしたよ」

「なにもそう驚かんでも」伍長が狄判事《ディー》に言う。「乞食ってのは稼ぐんだぜ。あんたもいつか、ぜひとも試してみな！」

判事がぼそぼそ言い訳する。実に予想外の展開だ。いちばんありそうにないが——同じ耳環が威炳《ウェイビン》にもう一組あるとか。さもなくば、滕《トン》の奥方はひそかに不貞をはたらいていた。ありそうにないを通り越して、考えられない事態だ。おのずと乞食に対する口調もきつくなる。「確かなのか？　その女が身につけていたのは、本当にこの耳環と同じものか？」

「おい、あのなあ！」じいさんが憤慨する。「わしの眼はたしかにしょぼつくこともあるし、風のある日はちっとばかし難渋するさ。だが、うけあうがね、てめえの眼ほど節穴じゃないよ、ふん！」

「やに眼に見間違いはねえって！」伍長がいらだつ。「まずはその若造にとっかかんなよ、兄貴。めざす下手人はそいつだぜ！　なあ、やに眼の。どんなやつだった？」

「ああ、よくある良家《いいし》の坊《ぼ》んさ。しいて言うなら酒好きか、ほっぺたが赤くてよう。ほかじゃ見かけたことねえな」

狄《ディー》判事はおもむろにあごひげをしごき、伍長にこう言った。

「そのあいびき宿に出向いて、聞きこみしたほうがよさそうだ」

伍長が腹を抱えて判事のあばらをこづく。

「おいおいおい、いまだに巡査長きどりかよ？　しょっぴいて責め台にかけさえすりゃ、洗いざらい吐くぞってか？　そうやってあれこれほじくりに行こうもんなら、おかみになんて言われると思う？　店のおごりで一杯どうぞってかい？」

判事は唇をかんだ。事態の急展開についていけず、あやうく大しくじりをやらかすところだった。伍長が笑いをひっこめて言う。

「なんぞ調べたいなら手はひとつしかねえ、石竹を連れてって部屋を借りるのよ、客としてな！　こいつは面が割れてるから変に思われることもねえ。よしんば下手人のしっぽがつかめなくたって、行きがけの駄賃にこいつのご指南ぐらいは受けられるって寸法だぜ。こいつのお手並みは大したもんさ、なあ、石竹？　しかも無料《ロハ》だぜ！」

「部屋賃に銅銭二さしはないと」石竹が尻ごみする。「安いうちじゃないんだからね。それと、あたしのほうは応相談ね。ここでやるなら部屋代こみだけどさ、外でとなりゃ話は別さ」

「そっちは大丈夫だ」と、判事。「で、いつなら都合がいい？」

「昼飯《おひる》がすんだらね」女が答える。「それより早く行ったって開いてないよ、あてのうちだもの」

礼のしるしに伍長と乞食じじいに酒を一杯ずつふるまう。と、酒で舌がほぐれたじいさんが、稼業がら見聞きしたおかしな事件のあれこれを調子に乗ってしゃべりだす。やがて、帰ってきた喬泰《チャオタイ》もまじえて杯の手も進んだころあいを見はからって石竹が厨房にさがり、昼飯のしたくにかかった。判事が喬泰《チャオタイ》に伝える。

「昼飯がすんだら、西門前の高級なあいびき宿へあの娘を同伴するという話になった」

「女買いよりましな用事がいくらもあるんじゃないのか！」背後でさも嫌味な声がした。孔山《クンシャン》がいつのまにか来ていた、布底鞋なので足音がしないのだ。

「例の件なら話がついた」狄《ディー》判事が言う。「外へ飯食いに行こうぜ、おごるよ。それぐらいの義理はある」

孔山《クンシャン》がうなずき、三人で出かけた。

一本さきで小さな飯屋に入る。狄《ディー》判事はほかからいくぶん離れた席を取り、豚肉入り炒飯の大盛りと漬物の盛り合わせをあつらえ、酒を三本つけた。そして、給仕がさがるのを待ちかねて、孔山《クンシャン》が身を乗り出す。

「冷呈《ロンチェン》は耳をそろえて出したのか？　ぐずぐずしてられん、あいつめ、ついさっきお縄になったって話だぜ」

狄《ディー》判事が黙って、袖から飛銭二通を出してみせる。孔山《クンシャン》は勝手に出てくる歓声を必死でこらえつつ、手を出した。が、判事がいちはやく袖に戻し、冷たく言った。

「まあ、そうせくな！」

「なんだよ、分け前を仕切り直そうって料簡かよ？」孔山《クンシャン》が凄む。

「おれたちをはめたな、孔山《クンシャン》！」狄《ディー》判事がどなる。「うしろぐらい両替屋を絞るだけだなんて匂わせておきながら、この件で人死にが出たなんて話に口をぬぐってたじゃないか！」

「ばかいうな！」孔山《クンシャン》が歯がみした。「だれが死んだってんだ？」

「身投げした葛基元《コウチーユアン》だよ！」

「そんなの知るか！」孔山《クンシャン》が怒る。

「ありていに吐くほうが身のためだぞ、悪党め！」喬泰《チャオタイ》がどなりつけた。「むやみにひとの尻を持ち込まれるなんざ、まっぴらごめんだ！」

いったんは言い返そうとした孔山《クンシャン》だったが、そこへ給仕

孔山《クンシヤン》が食ってかかる

が料理と酒を持ってきたので、気づいて口をつぐんだ。給仕がさがると、こうわめく。

「きたねえぞ、今さら因縁《あや》つけやがって！　そら、さっさとその手形をよこせ！」

箸をとった狄《ディー》判事が手もとに炒飯をとりわけ、涼しい顔で食べにかかる。

「なら、こっちに帳簿を引き渡せ。そのうえで、出どころやらいきさつをちゃんと話せ。そしたらおまえの取り分は渡してやる。それまではだめだ」

孔山《クンシャン》が椅子を倒すほどすごい剣幕で立ち、青黒くなるほど怒り狂って、くってかかる。

「人のねたを引き出そうってんだな、この根性腐りめ！」

喬泰《チャオタイ》が腕をつかんで引き離すかたわら、判事にこう言った。

「こいつを宿に連れてって、二階でおちついて話そうぜ」

あしざまに罵りながら孔山《クンシャン》がその手を振り切り、歯がみしながら判事にのしかかるようにする。

「てめえら、今に見てろよ！」

色をなして立ちかけた喬泰《チャオタイ》を、判事がおさえる。

「いいから勝手にさせとけ！　ここで騒ぎはまずい！」孔《クン》山《シャン》には、「おれたちのねぐらは割れてるし、金がほしけりゃ、どうすればいいかもわかってるな！」

「ああ、ようくわかってるとも！」相手はそう捨て台詞を吐いて、背を向けた。

「あのまま行かせてよかったんでしょうか？」

喬泰《チャオタイ》がおぼつかなさそうに危ぶむ。

「頭を冷やせば、金のことを思い出してまたぞろ引き返してくるさ」そう言いながら、山盛りの炒飯と酒を見渡す。

「それにしても、これだけあってはどうしたものかな」

「目下の数ある悩みじゃ、いちばんの手間いらずですよ、閣下！」喬泰《チャオタイ》がにっと笑い、箸をとってぱくつきだす。炒飯はあっというまに片づいてしまった。

狄《ディー》判事はいっこうに食が進まず、所在なく杯をもてあそんだ。思いがけず滕《トン》夫人のみそかごとを聞かされて浮き足だってしまい、あやうくぼろをだすところだったとあらためて自戒する。さっきは鳳棲酒楼であんなざまだし、今は今で孔山《クンシャン》をうまくあしらえたのだろうかという気もしてくる。あんな剣呑なやつだというのにろくに相手を知らないどころか、ふだんの潜伏場所さえわからないとくる。さては深入りしすぎたかと不安がきざした。

狄判事《ディー》が飲んだのは一杯だけ、あとは喬泰《チャオタイ》がきれいに片づけて舌鼓を打った。

「いやあ、いい酒だなあ！　ところで、午後からはどんな仕事がありますす?」

熱いおしぼりであごひげと口ひげをふきながら、狄判事《ディー》が言った。

「屯所で伍長の情報をもらってきてくれ。まさか今の案件にはかかわりないとは思うが、ここにきていい勉強になった、なんによらず絶対に疑いないなどと決めつけてはいかんな！　そっちがすんだら易者の卞洪《ピアンホン》に回ってくれ、十五日が命にかかわる厄日だと葛基元《コウチーユアン》にご託宣したのはそいつだ。あの卦が本物か八百長か探りを入れかたがた、孔山《クンシャン》とのつながりも探ってみるように。ついでに雑談でもして、葛《コウ》にまつわる裏話を少し仕入れてこい。あの商人の死には不可解がつきまとい、まったく興味をそそられる」

勘定をすませ、ふたりでのんびり鳳棲酒楼へと引き上げた。

11

生のかたみに詩を唱和し
密かな逢瀬をのぞかれる

酒場に戻ると、石竹はもう出かけるばかりに身支度をすませて待っていた。紫紺の長衣に黒絹の上衣を合わせている。厚塗りはいただけないが、うなじをすっきりと見せたまとめ髪が渋皮のむけた感じをそれなりにかもしだしていた。

ほかに人はいない。みんな二階で昼寝中だよ、という話だった。

「おれもしばらく寝ようかな」喬泰《チャオタイ》は言った。「いやあ、さっきの酒はきいた！　ただし、寝るなら階下に限るぜ」

そう言うや、籐の古椅子にどすんと倒れこむ。狄《ディー》判事のほうは、石竹を連れてかんかん照りのなかを出かけた。

数歩先を石竹が歩く。客引きの常道だが、これが堅気の人妻なら、あべこべに三歩さがって控えるものだ。抜け道に詳しいおかげで、ほどなく閑静な通りにたどりついた。あたりの家は中流どころだがいかにも内福そうだ。どうやら、あとを譲って楽隠居を決めこんだ店持ち旦那衆の住まいらしい。

瀟洒な黒漆の高扉で、女が足を止めた。外見からはあいびき宿と悟られないようなつくりだ。

戸を叩いたのは狄《ディー》判事だが、肥えたからだに黒緞子を着こんだおかみが出てくると、それからはもっぱら石竹が口をきいた。同伴したのは自分だと店側にはっきりさせておき、あとで紹介料をせしめるという算段だ。

愛想よく小さな応接間に通され、特上の間があいてます、午後いっぱいで銅銭三さしですともちかけられた。それを判事が粘りに粘って二さしにまで値切る。前払いで勘定をすませると、二階の豪奢な大寝室をあてがわれた。

おかみが案内をすませてひっこむと、石竹がこう言う。

「言うだけあって、ここんちじゃいっとう飛び切りだよ。知事の奥さんが内緒のあいびきに使うんなら、断然ここだね」

「調べてみよう！」と判事は言った。

「だめだめ、ちょっと待ちなって。じきにあの女がお茶を出しにくるから。そしたら忘れずに心づけを渡すんだよ、そういうきまりなんだから」

さらに、茶卓につきかけた狄《ディー》判事にさりげなく述べた。

「どんなつもりか知らないけどさ、いちおう脱いで寝間着になったら。こういううちの連中はそれでなくても目ざといんだ。ちょっとでもほかの客と違うそぶりを見せてごらん、たちまち怪しまれるよ」

自らも化粧台のところで上衣と長衣をとり、ゆるい下ずぼんまでぱっぱと脱ぎ捨ててみせる。狄《ディー》判事も長衣を脱ぎ、寝台脇の塗り衣桁にかかった洗いたての薄い白絹夜着をはおった。

石竹は思い切りよくすっぱだかになり、恥じらいのかけらもなく化粧台の前に立って行水を使っている。そうはいっても、体のどこにも崩れがないのは特筆ものだ。

そうしてかがんだ拍子に、背中から腰いちめんに白く残った無数の細い古傷が見えた。

「誰だ、そんな目に遭わせたのは？」判事が怒る。「伍長か？」

「やだ、違うよ」本人はさばさばしたものだ。「一年以上も前になるかな。あたしさあ、子どものうちに売りとばされたんじゃなくて、十六にもなって妓楼入りしたんだ。お客をとるのがいやでいやで、しょっちゅう鞭でぶたれてさ。でも、ついてた。あるときお客になったのが伍長で、いっぺんで気に入ってくれたの。そいで妓楼主のだんなに身請けをかけあってくれたら、父ちゃんの署名入り身売り証文をつきつけられて、銀四十粒だって」

こっちへ向いて、自分も夜着を羽織って絹帯を締めながら笑って続けた。

「ほかにもいろんな費用《かかり》がある、あれもこれもってまくしたてようとしたんだけどね。途中で伍長が証文をひったくって、『もういい！　話はついた！』そいで『お代は？』ってたずねるだんなをひとにらみして、『いま払っただろうが？　それとも、おれを嘘つき呼ばわりする気か？』あの渋っ面、あんたにも見せたかったわ！　なのに無理やり愛想よくしてね、もごもごと、『へ、へへえ、どうも毎度』だって。それっきり、伍長に連れられてとっとと出てきちゃった。だんなのほうでもようくわかってるからね。ちょっとでも文句つけたりお上に訴え出てごらん、伍長一家が総出で殴りこみをかけてきて、家も何もめちゃくちゃよ！　いやあ、本当にいい人に当たったわ。伍長はちょっぴり短気だけど、あれで根はいいんだよ。それに、これっぱかしの痕なんかいちいち気にしてらんないよ。妓稼業にゃつきものなんだ、まあ言ってみりゃ看板がわりじゃん！」

その話を聞くかたわら、判事の方は化粧台のひきだしを開けてのぞいていた。「ここじゃないな。きれいさっぱり何ひとつない」

「あるとでも思ってたの？」寝台のふちに腰をおろした。「ここへ来るような連中はみんな用心してるから、足のつきそうな手がかりはまず絶対に残しやしない。このての店じゃ、ゆすりまがいの脅しをちょいちょいかけかねないだろ。ま、この寝台の壁にかけたお客の書や絵なら署名ぐらいはあるだろうけど、でも、それだって雅号しか書かないもんだっていつも聞いてるよ。でもあんたは字が読めるんだし、ひょっとするとひょっとするかもね」

そこへ、さっきのおかみが茶瓶に添えて果物や砂糖菓子など茶請けの盛り合わせを大盆にのせてきた。そして狄判《ディー》事から銅銭てのひら一杯ぶんの心づけをもらうと、ほくそえんで引き上げた。

石竹が寝台の垂れ幕を寄せ、なかに入る。狄《ディー》判事のほうは帽子を脱いで化粧台にのせると同じく大寝台に近づき、中にのべた新品のござにあぐらをかいた。

寝台自体がれっきとした小部屋で通りそうなしろものだった。天蓋から下まで、彫り黒檀の化粧板をすきまなく立て回して三方を囲っている。奥の壁ぎわで石竹が膝をつき、すきまのどれかにかんざしを深くさし入れた。

「そこで何してるんだ？」

判事が不思議がる。

「のぞき窓用の隠し穴が開かないようにしてんの。こんな昼日中からまさかそれはないと思うけど、もしもの場合ってのがあるだろ。なんにしたってさ、これから先はどう転んでも、ひとに見られたくないんだし」

そう言って判事とさしむかいになり、大きな枕にもたれてくつろいだ。

まったくもって、実にためになる知識を次から次へと教わるものだ。第一夫人を妻に迎えるまでは都で名うての芸妓たちともたまに接する折があったが、しもじもの妓楼のしきたりだの、ただれた性癖についてはこれまでとんと不案内だったのだから。仰向き気味になって頰ひげをなでつつ、円形やら方形の額入りで板壁にかかった詩や絵の揮毫をはしから検分にかかる。これが夫婦の寝台なら、婚礼の意義に深く思いを致すために操正しい男女の故事をしのぶ詩文や絵をかけてあるのだが、こちらは場所が場所だけにおのずと軽佻浮薄に流れるのは言わずもがな。文人が花街に遊び、ほんの座興にちょっとした詩画をものするのはよくあることだ。そのなかで楼主のめがねにかなった揮毫が枕頭を飾り、古びてくれば惜しげもなくとりかえる。そこの一枚にしたためられた聯《れん》を、判事は声に出して読んでみた。文人特有の流れるような達筆だ。

己を世に生みだしたるそこな玄門とくと見よ
同じ門にふけりてあたら寿命を捨つべからず

判事はうなずいた。

「露骨で品のない物言いとはいえ、まぎれもない真実ではある」そこで絶句のひとつになにげなく目が止まってぎょっとする。前半二行は冷呈《ロンチェン》の事務室奥にかかっていた蓮池図の楽府賛と同一の筆跡で、いかにものびのびした芸術家肌の筆運びだ。それに対し、後半二行はたしなみある良家の子女らしい繊細で几帳面な字だった。署名はない。前半部分を声に出しておもむろに読み上げた。

光陰矢のごとくせきもあえず河は流れゆく
急流に花落ちて逆巻く波に抗うすべもなし
（逢瀬の時はまたたく間に過ぎ、
いたずらに歳月をかさねゆく
過酷なさだめにもて遊ばれ、
孤立無援でどこまで流されてゆくのか）

続く後半はこうだ。

さあらばあれ花の色は君が手に移ろいゆく
よしなき夢追うて快楽《けらく》の時を減じたもうな
（それならそれでいいの、
こうしてずっと逢えるのだから
せっかくの逢瀬なのに、
晴れて一緒になりたいなんて無理を言わないで）

古式ゆかしい詩の作法にのっとって男が先に二行よみ、後半を女がつけるという相聞詩だ。しっくり息の合った読みぶりで、落花やはかない快楽《けらく》に託して不倫を巧みに匂わせている。あの乞食じいさんによると、滕《トン》夫人の情人は良家の子弟で頬が赤いとか。頬が赤いのは酒のせいばかりとは限らない。冷徳《ロンデ》の命取りになった肺の患いでもそうなる。若い画家が好んだ画題が蓮だった点も傍証になりそうだ。石竹に述べる。「この詩を唱和したのは滕《トン》夫人と情人かもしれん」

「意味はさっぱりだけど、なんだか悲しい詩みたい。あんた、そいつの字を見たことあるのね」

「たぶんな。だが、かりにその考えが当たっていたとしても、下手人の手がかりにはならんよ。前二行を書いた若者はとうにこの世の人じゃないからな」しばし考えて、こう言う。「ちょっと階下に行って、その男女の様子をおかみに詳しく訊いてみてくれんか」

「とかなんとかいって、本音はあたしを追っ払いたいんだろ！」と、へそを曲げる。「でもね、ちったあ辛抱しな！人目ってもんを気にしなくちゃ！」

「そうだったな、すまん！」狄《ディー》判事が笑いながらあやまった。思いのほか鋭い。むろん、石竹の言うのがもっともだ。

「ちょっと考えごとに気を取られてしまってな」あわてて言いつくろう。「そうはいっても、あんたと一緒はむろん楽しいよ。どうだね、あの盆をこっちに持ってきちゃ？そうすれば茶菓をつまんでおしゃべりできるだろう」

石竹は黙って寝台をおりて盆を持ってきた。その盆を両者の間に置き、茶碗ふたつに茶を注いだ。そこで砂糖菓子をかじったと思うと、だしぬけにこう言う。

「こんなのもあんたにはいいだろうね、息抜きになってさ。おうちで家族とふだん使ってるような本物の寝台に戻れたんだもんね」

その言葉で我に返った判事が声をはりあげる。「えっ、なんのことだ？　おうち？　そんな、わかるだろう。おれみたいな稼業で家族なんか、とてもとても！」

「ちょっと、嘘もたいがいにしな！」石竹が声高に愛想をつかす。「お芝居がうまいから、伍長たちに見破られる気づかいはないけどさ。場数を踏んだ妓と寝てもだましおおせるなんてうぬぼれないでよ！」

「なにが言いたいんだ？」判事が神経をとがらせる。

その体にのしかかってきた女が夜着をひんむき、すかさず肩口に触れてみて、軽蔑もあらわに言い放つ。

「見なよ、こんなすべすべのお肌しちゃって！　毎日お湯に入ってさ、高い油でお手入れしてんだろ！　雨風にさらされっぱなしでいてもそんな艶が髪に残ってるなんて、本気で信じてほしいわけ？　強いこた強いけどさ、玉のお肌に傷もついてないじゃん。その筋肉は同じ若さん同士で道場通いして、剣やら拳やらお稽古してつけたもんだよ。しかも見えすいたやり方でひとを小ばかにしてさ！　どうしようもない不細工と思われたって、べつに痛くもかゆくもないけどさ、はっきり言ってほんまもんの街道稼ぎや渡り詐欺師があたしと二人っきりになってたら、手出しもせずにござの上でお茶なんか飲んでるわけないだろ！　たまさかあたしみたいな女に出くわしたら、やまの最中だろうがなんだろうが引っつかまえ、さっさと下ずぼんをおろしてるよ。そっちがすんでやっと用事に頭が向くのさ。だって、あいつら飢えてんだもん。着飾った奥さんやらおめかけさんがぞろぞろ四、五人もいて、昼も夜もちやほやされてるあんたとは違うんだ。どうせみんな背中に筋目模様なんかなくて、高いおしろいつけてんだろ。あんたの正体なんか知りたくもない、気にもならない。けど、高みからこけにされるのなんかごめんだね！」

こんなふうにいきなりすごい剣幕でまくしたてられ、狄《ディー》判事はぐうの音も出なかった。あいかわらず石竹は舌鋒をゆるめない。

「あたしらの同類でもないのに、なんで探りにきたりすんの？　どういうわけで伍長を調べるのよ、あんなにいい人で、あんたを信じきってんのに？　そうやって仲間うちに戻ったら、きっとあたしらをねたにさんざん笑いものにする気なんだね？」

涙まで浮かべて怒っている。

「ご明察だよ」判事は静かに述べた。「芝居には違いない。が、悪ふざけなんかじゃない。私はお上の者でな、ある事件を調べてるんだ。その芝居を演ずるにあたって欠かせない役回りを、あんたや伍長は自覚せずにこなしてくれている。また、同類ではないと言っていたが、そうじゃない。私は国と民に尽くすと誓いをたてた。知事夫人もあんたも宰相も伍長もひっくるめての民だ。漢の民はひとつなんだ、石竹。漢の民であるという出自こそが未来永劫の誉れであり、獣なみにたえずいがみあう野蛮な夷狄どもと、われら中原の文明人をへだてる矜持なんだ。言いたいことはわかってくれたか?」

うなずいた石竹は少し気がおさまったような顔になり、涙を袖でぬぐった。

「それと、もうひとつの方だが」狄《ディー》判事は続けた。「ぜひ言わせてもらおう。あんたはいい女だと思うよ。顔もかわいい、姿もいい。他のことで頭がいっぱいでなくて、あんたさえその気なら、ぜひともそういう仲になりたいものだが」

「真に受けやしないけど」石竹がちょっと笑顔になる。「まんざらでもないよ。くたびれてるみたいだね。横になりなよ、あおいだげるから!」

その言葉に甘えて、さらさらした涼しいござの上に手足をのばして横になった。すると、石竹が夜着を脱ぎ落として裸になり、寝台隅にかかったしゅろの扇をはずして、そっとあおぎだした。そのうちにいつしか判事はぐっすり寝てしまった。

目覚めてみると、石竹はきちんと服を着終えて寝台前に立っている。

「ずいぶんよく寝てたからさ、あたしのほうは階下に行って話しこんじゃった。おかみがけっこうはずんでくれたの。そのお金でなんか買って、あんたからもらったってことにするね」

「どのくらい眠っていたかな?」不安になった。

「二時間ほどだね。おかみったら、あんたは絶対あたしにぞっこんだって。あと、例の二人なんだけど、やに眼が話した通り二度ばかり来たそうよ。奥さんの方はやせっぽちでも、見るからに生まれついてのお嬢さんだったって。若いつばめもいいとこの坊ちゃんぽいけど、あんまり丈夫じゃなさそうにひどい咳してたって。金離れはよかったそうよ。それと、どっちも二度ともつけられてたってさ」

「つけられていたというと?」

「ずっとついてきたんだよ、ここんちのこの部屋まで!どっちの時も、おふたりさんが上がってってたすぐあとから

石竹とのひととき

来て、たんまりはずんでそこの寝台ののぞき窓を見てたんだってさ」

「誰だ、そいつは？」判事がただならぬ声を出す。

「わざわざ名刺を置いてくとでも？　おかみの話じゃ、背の高いやせっぽちだって。首巻を目もとまで引き上げてたから顔はぜんぜんわかんないし、声もはっきりしなかったって。けど、学のある人なのは確かだ、お役所の偉いさんぽい雰囲気だったって。それと、片脚ひいて歩いてたっていうよ」

長衣を手にした狄《ディー》判事が、そのまま棒立ちになる。そんな人物は滕《トン》の腹心の潘游徳《パンユーデ》以外にありえん！　黙りこくって石竹の手を借りて身じまいする。腰帯を締めて帽子をかぶり、袖を探りながらいささか及び腰で切り出した。

「本当に助かった、心の底からありがたく思う。その、よかったら……」

「聞き込みなんか、ただでいいってば！」はなから受けつけようとしない。「かわりと言っちゃなんだけど、またいつか連れてきてよね。あんたなら、絶対ちゃんと堪能させてくれそう――他のことで頭がお留守じゃなければだけど。その時はお代をちょうだいね。銭六十枚、夜通しなら百ね。外回りの客引きじゃ、ふだんそんだけもらってるから」

そう言うなり、先に立って部屋を出る。階下ではおかみが待ちかまえており、やたら愛想をふりまいて玄関口まで見送りに出た。

通りに出ると、判事はこう言った。

「これから北坊へ回らないと。飯までには戻る。じゃ、また宿で」

北への行き方を手短に教えてもらい、そこでいったん別れた。

12

亡き閨秀の詩風をしのび
同僚主従と親交を深める

このたびは政庁の表側に回る。門衛に「沈墨《シェンモウ》、周旋屋です」と音読して赤い名刺を渡し鼻薬をほんの少々きかせ、潘《パン》あてに届けてもらった。

すぐ書記が迎えに来て、公文書室から潘游徳《パンユーデ》の執務室に向かう。

潘《パン》は書類の山を押しのけて向かいの席をすすめ、机上の大茶瓶からお茶をくんで出し、心配顔でこう切り出した。

「さだめし、ぞっとするような話をいろいろお聞き及びでしょうな、沈《シェン》さん！　知事さまは悲嘆がこうじて正気をなくされたも同然ですよ。けさがたなど、いきなり両替屋の冷呈《ロンチェン》さんに捕り手を差し向けられる始末です、地元の人望あつい名士というのに。その話で城内もちきりですよ！　知事さまのおめがね違いでなければいいんですが……一事が万事、今日はかけ違ってばかりですよ。検死役人が黙って勝手に出かけてしまい、検死もできない始末です。いつもは実にきっちりしているのに！」

そこではたとわれに返り、あわててたずねた。

「きのうは楽しく過ごされたんでしょうな、沈《シェン》さん、城隍廟にはもうおいでになりました？　今日は昼過ぎから、かなり蒸すことは蒸しましたが……」

「ちょっと風変わりな場所へ行ってきました」判事が話をひきとる。「西門の左手二本めの通りでね」

そう言って潘《パン》の顔を見守ったが、動じる気配はあらわれない。

「二本め、ですか？」と訊き返す。「ああ、はいはい。ちょっとした勘違いですね。きっと三本めでしょう！　そうですな、あのお堂はすこぶる異風ですよ。ずいぶん古くてね、三百年ほど前に天竺僧が建立し……」

狄《ディー》判事は口をはさまずに最後まで言わせておいた。不倫の二人の動静を探っていたのがこの潘《パン》なら、とんでもない食わせ者だ。ひととおり歴史の講釈がすむのを待って、判事はこう述べた。

「あまりお手間をとらせてもね。滕《トン》奥様があんなことになられたのでは、むろんご多忙でしょうし。手がかりは出ました？」

「さあ、知る限りではまだのようで」潘《パン》は答えた。「知事さまなら、もっと何かご存じかもしれませんが。あの方は吟味を人任せにせず、ご自身で何もかも手がけられますのでね。言うまでもなく、このたびはましてそうなさっても無理もありません。被害に遭ったのがほかならぬお連れ合いではね！　まったくもってむごい話もあったもんですよ、沈《シェン》さん！」

「ご友人の皆さんもさぞ悲しまれたでしょうな」狄《ディー》判事は述べた。「奥方はひとかどの閨秀詩人だったお方だ、当地でも女性詩会の結社などに顔を出しておられたのでは？」

潘《パン》が笑う。

「滕《トン》ご夫妻をよくご存じじゃないんですね、ご夫妻ともめったに外出なさいません。知事さまの方はむろんのこと政庁のすみずみまで目配りしておられるし、そうでなくとも人づきあいはほとんどなさらないんですよ。当地の名士うちにも特に親しい人はおりませんな。それもこれもお考えあってのことです。知事たるものは終始公平な第三者という立場を貫き、任地に要らざるしがらみを作るべからずというのがご見識でしてね。

奥方もまず外出なさいませんでしたな。寡婦になられた姉上のお邸に泊りがけで二、三日ほどおいでになるくらいですか。亡くなられたご主人はたいそうな大地主でしたがね、三十五歳で早死にされたんです。当時のお姉上はちょうど三十歳におなりでね、北門外のりっぱな荘園を相続されました。そこの空気が滕《トン》奥様にとても合うとみえて、女中どもに言わせると、あそこからお戻りになると、きまってとてもご機嫌うるわしいとか。このたびもね、たってそうしていただくのがいちばんよかったんですよ。この二週間ほどは具合をそこねておられて、お顔の色も沈みがちでした……あげくに、亡くなってしまわれて！」

しかるべき間を置いたのち、狄《ディー》判事は別な角度から攻めてみようと、さりげなく口にした。

「本日、ある店で地元画家の作品を見ました。冷徳《ロンデ》という人ですが、滕《トン》夫人と親しかったらしいですね」

潘《パン》老人は驚きをおもてに出したものの、ややあってこう述べた。

「いやあ、存じませんでした。でも、ありえない話じゃありませんな。それで思いだしましたが、その画家は姉上の亡くなったご主人の遠縁にあたり、やはりちょいちょいお寄りしていたとか。はいはい、奥様とはむろんそちらで知遇を得たんでしょう。気の毒にね、あたら画才がありながら早死にしてしまって。花鳥画の名手でね。ことに蓮池図ばかりを描き、独自の境地にも達していたんですよ」

判事は内心さじを投げた。わりない仲のふたりが出会ったきっかけこそ知れたものの、かんじんかなめの未知の第三者については、いぜんとして雲をつかむようだ。しかも、あのおかみの話からすると、そいつはそのものずばり潘《パン》だと思われる。やせぎすの長身にお役所風の偉そうな態度、とどめに片脚が不自由……これで最後にしようと思い、身を乗りだして、打ち明け話ふうに周辺をはばかって声をひそめた。

「昨日は当地の名所旧蹟をいろいろ教えていただきまして。昼間ならそういうのもいいんですがね、潘《パン》さん。ですが夜になりますとねえ、一人寝の旅空でおのずと心の向かう先といったら、なんですか、もっと現に血の通った手ごたえのある美しさなんですよ。きれいどころのいる盛り場なら、当地にもむろん何軒かあるはずでしょうな……」

「そんな浅はかな道楽にふける趣味も暇も持ち合せがございませんよ」とたんに潘《パン》の態度が硬化する。「ですから、そういう方面についてはまったくお役に立てません」そこで、とにもかくにもこの下品な男は州長官の紹介つきだったと思い返し、しいて笑顔を作る。「なにぶんにも、わりあい所帯を持つのが早かったものですから。今では家内二人との間に息子八人と娘四人おりましてね」

この赫々たる成績に判事は内心げんなりし、潘《パン》に不健全な趣味ありという線をきっぱり捨てた。のぞき屋の正体はまだ不明だが、別人に決まっている。もしかしたら滕《トン》夫人の筆跡に糸口があるかもしれないと思いつき、お茶を飲み干すとあらためて切り出す。

「たかが商人ふぜいに高尚な文学なぞ、しんからわからなくてもしょうがありませんが、知事さまのお作にはかねて心服しております。ですが、奥様のほうは詩集を拝見した覚えがありません。入手先をご紹介いただけませんか?」

潘《パン》が口をへの字にする。

「うーん、そいつはむずかしいご注文だ! 奥様はそれはもう繊細で控えめなお方だったのでね。知事さまがこんなふうにおっしゃるほどでしたよ。詩集を出したらどうだねと家内に言い言いするんだが、いつも頭ごなしに断わられてがっかりだ、もう諦めたと」

「残念だなあ、お作を拝見したかったのに。そうしておけば、知事さまにお悔やみを申し上げるのにも通りいっぺんでないご挨拶ができますからねえ」

「ふむ」と、潘《パン》。「そういうことならお力になれそうですよ。じつは先週に奥様からお預かりした直筆の自撰私家集が、いま手もとにあるんです。威炳《ウェイピン》の名所旧蹟をとりあげた箇所にまちがいがないかどうか見てくれというご伝言つきで届きましてね。すぐ知事さまにお返ししないといけませんが、お望みとあらば、この場でごらんになってもかまいませんよ」

「よかった!」狄《ディー》判事は声を上げた。「拝借して、ちょっとそちらの窓際で見せていただきましょうか。ご公務のお邪魔になるといけませんからね!」

潘《パン》が机のひきだしを開け、厚い本を入れた青無地の紙包みを出した。それを受け取り、窓辺の肘掛に移動する。

まずはしまいまで、ひとわたりざっと見た。きっちりした線の細い字は、あいびき宿に飾ってあった詩の後半部分とそっくりだ。わずかな違いがあるとはいえ、写本というのは静かな書斎で筆運びに念を入れて行なうものだし、あの対句の方は人目を忍ぶ密会のひまに走り書きしたものだから、むしろ違っていない方がおかしい。

また冒頭から内容を熟読にかかり、じきに心をわしづかみにされた。この詩人はほんものだ。これまでの判事は謹厳な儒教の徒として、品行方正か教訓に富む詩でなければほとんど顧みなかった。が、滕《トン》夫人の技巧をこらした用語の妙、独創に富む比喩表現が比類ない美しさで人の心を打つと認めないわけにはいかない。夫人には天性の表現力がある。ある心情なり情景をあらわす形容詞はひとつだけにとどめるのが作風の特徴だが、その一語であますところなく本質をとらえきる。印象的直喩のいくつかは、知事が以前に刊行した詩集にも、そういえば出てきた覚えがある。どうやら一心同体で詩作していたらしい。

読み終えた冊子を膝にのせたまま、目を虚空にすえて黙然と頰ひげをなでる。潘《パン》があきれ顔でちらりと見たが、それにも気づかないほど物思いにふけって自問を繰り返した。きめこまやかでもののあわれを解し、趣味を同じくする夫と仲睦まじく、大詩人の風格をそなえた閨秀ともあろうものが、はたして不倫に走ったりするだろうか。自作では陰影に富む心のひだをあれだけ実感こめて記しておきながら、同じ女性があいびき宿であさましい逢瀬を重ねて自ら泥濘にまみれるようなまねをするか――へつらいまじりにあのおかみに迎えられ、せちがらく心づけをせびられてまで――にわかには信じがたい。これが、ひょんなことから行きずりのがさつな若造と、その場限りの激しい情事を持ったというのなら……まだわかる。女という生きものは理詰めではいかない。だが、あの若い画家は彼女の夫と同類だし、趣味まで同じだ。

腹立ちまぎれに口ひげを引く。ちっとも辻褄が合わん。

そこで、筆跡にあらわれたささいな違いがふと気になった。もしかしたら、画家と密会していたのは滕《トン》夫人ではなく、姉の若後家ではないのか？　その女は滕《トン》夫人の耳環と腕輪をつけていたとはいえ、姉妹同士で小物の貸し借りはよくある話だ。あの画家は遠縁だったから、縁続きの若後家の方が滕《トン》夫人より会う機会は多かろう。それに、姉妹ならほかにもあとふたりいるのだ。

潘《パン》にたずねてみた。

「それはそうと、滕《トン》奥様のほかの姉妹がたも北門外の荘園にお住まいなんですか？」

「いや、知る限りでは若後家のお姉さまおひとりだけですよ、沈《シエン》さん」

判事は本を返しながら、「傑作です！」と感想を述べた。冷徳《ロンデ》と忍び逢っていたのはきっと若後家だという気がする。だったら筆跡が滕《トン》夫人とそっくりでも当然というものだ、子供のころは同じ師について習ったはずだから。そして、礼法で定めたしかるべき喪の期間が明けたらすぐ画家と祝言をあげる心づもりでいたのだろう。こそこそ逢うのはいただけないが自分の知ったことではないし、その密会をのぞき見していた謎の人物のいかがわしい趣味にも興味はない。これまでの推理はとんだ的外れだった。ためいきまじりに腰を上げ、潘《パン》の手をわずらわせて知事にとりついでもらう。

滕《トン》知事の書斎でまた並んで席につくと、判事はこう述べた。

「滕《トン》さん、明日になったら州都へ出向きましょう。微力ながらできるだけやってみましたが、奥方の死が賊によるものだという推理の裏づけは全く見つかりませんでした。偶然に偶然が重なったための椿事というご賢察通りでしたな。まことに面目ない次第です。なきがらが沼地にあったという件については、今夜のうちに筋の通る説明をなんとか考えておきます。また、この惨事で州長官への報告が遅れた件は、一から十まであげて私に責めがあります」

滕《トン》は沈痛にうなずいた。

「狄君《ディー》、ご尽力のなにもかもに深謝する。こんな難題をそっくり押しつけて、お詫びしなくてはならないのは私の方だよ。しかも、ご休暇中というのに！　ここに居合わせてくださったという一事だけでも、どれほど心強かったことか。そして、同情と理解を寄せ、進んでお力添えくださった。今回のことで、狄君《ディー》、きみには忘れようにも忘れられないご恩をこうむったな」

そのことばに判事は心を打たれた。滕《トン》に責められても仕方ない失態だったのに。証拠品を隠し、捜査を遅らせた。そのうえ滕にあらぬ希望まで抱かせてしまった。あの偽手紙で検死役人を遠ざけておいてせめてもだったと、ちらりと思う。この暑さだ、かなり腐敗が進んでしまっただろう。妻を殺す前に自分が何をしたか、うまいこと滕《トン》に悟られずにすむ。その件については、いまだにつじつまが合わないという気がしているが、病んだ心がどう出るかは全くはかりがたい。

「滕《トン》さん、よかったら別件つまり葛基元《コウチーユアン》の死の方でお役に立てればと思うんだ。もう、おまえのへぼ推理には飽き飽きだとおっしゃるだろうが、実はたまたまその件がらみのかなり耳寄りな情報をつかんだのでね。両替屋の冷呈《ロンチェン》はそちらにからんでいるんだ。やつの白状によれば、葛《コウ》から大金をくすねていたそうだ。だからこそ、お願いして逮捕していただいたんだよ。すぐさまその依頼に応じてくださったとさきほど知らされ、滕《トン》さん、こんな非才に全幅の信頼を寄せてくださって恐縮しきりですよ。だが、この件だけはご信頼を裏切らずにすむという自信がありますよ！」

滕《トン》知事は疲れきった顔で目をこすった。

「そういえば、その件がまだあったな！　きれいに失念していたが！」

「今日のところはそっちに深入りする気分ではないでしょう。ひとつお願いがあるんだが。おたくの副官とともに捜査を行なう許しをいただければ、実に光栄だ」

「こちらこそよしなに！」滕《トン》が快諾した。「あのややこしい事件に、今の私では適切に対応しきれまいとお思いになるのももっともだ。明日の州長官との面談以外に何も考えられないていたらくだからな。狄《ディー》君、きみは実に思いやりのある人だな！」

判事は照れた。滕《トン》は外見こそ冷たく見えるが、強い自己抑制の下に、情理兼ね備えた人間味ゆたかな心が息づいている。あの妻がこんな夫を裏切るなど、思うだけでもばかげている。

「お言葉いたみいる、滕《トン》さん。ものは相談だが、潘《パン》にはあなたの口から正体を伝えてもらえまいか。そうすれば潘《パン》立ち会いのうえで公式の事件記録を閲覧できるのでね」

知事はさっそく手を叩いて老執事を呼び、潘游徳《パンユーデ》を召しだした。

狄《ディー》判事の正体を知らされて老副官はうろたえ、これまでの非礼をあれこれ陳謝にかかった。だが狄《ディー》判事の方でさえぎり、滕《トン》にことわって書斎を出る。

まだ動揺さめやらぬ潘《パン》についてさっきの執務室へ向かいながら、おもてをふと見れば、そろそろたそがれどきだ。それで、潘《パン》にこう声をかけた。

「二人でちょっとおもての風にあたってきてもよさそうだ！　どうだね、料亭へでもご一緒して土地の名菜を見立ててもらえればありがたいんだが！」

いやそんな、僭越なと潘《パン》は固辞した。だが判事もいっかな引き下がろうとせず、どのみち政庁の外ではまだ周旋屋の沈《シェン》で通すつもりなのだからと重ねて説き伏せる。そこでようよう老副官も折れ、肩を並べて出かけていった。

13

珍羞佳肴を大いに楽しみ
虫の知らせに愕然とする

潘《パン》が選んだのは小さな料亭で、数ある高台のひとつにある。月にかがやくまちの夜景が、露台席からぞんぶんに堪能できた。

いきのいい川魚の生姜煮、鴫《しぎ》の丸焼き、火腿《ハム》、うずら卵を浮かべた湯《スープ》などなど、ご当地ならではの名物料理が次から次へと出てくる。どれもこれもとびきりおいしかった。それなのに喬泰《チャオタイ》を鳳棲酒楼に置いてきぼりで、粗末な緑豆粥でもすすらせているのかと思うと、いささか気が引ける。

食事しながら葛基元《コウチーユァン》事件の概略について潘《パン》に手際よく説明してもらい、その上でこちらも冷呈《ロンチェン》の横領に端を発して孔山《クンシャン》が帳簿を盗んだ件や、葛《コウ》の金庫にあった二百金の件を説明した。そして、孔山《クンシャン》が両替屋をゆすって巻き上げた飛銭二枚を回収したのが判事だというふうに、それとなく話をもっていった。

さらに尋ねる。

「孔山《クンシャン》に関する記録は政庁にあるかね？」

「いいえ、閣下、そんな名はついぞ聞いたことがございません！　まさしく驚天動地です！　二日前においでになったばかりですのに、長年ここで生まれ育った私よりも、このまちの事情にお詳しくなってしまわれましたな！」

「ま、巡り合わせもあったろう。ときに、葛《コウ》夫人は夫とだいぶ齢が離れているというが。輿入れはいつだった？　妻妾は他にもいるのか？」

「以前は妻が三人おりました」潘《パン》は答えた。「ですが、正夫人と三夫人はどちらも数年で世を去り、二夫人も一年前に亡くなりました。当時の葛《コウ》は還暦をいくらか出ており、息子娘もそれぞれに巣立っておりましたので、あとは妾でも入れて老後の世話をさせるんだろうと誰しも考えておりました。ですが、ある日のこと、葛《コウ》の店から仕入れてまた売るようなしがない絹店に立ち寄りました。謝《ジェ》とかいう後家さんが、亭主に先立たれたあとを細腕で商いを続けようとしたんですが、資金繰りが立ち行かなくなったんですよ。そこへご老体が出くわしてのぼせあがり、正夫人に迎えると言ってききません。まあ、初めのうちこそ世間も冷やかし半分に見てたんですが、ふたを開けてみればまことにできた奥さんで。家をてきぱき切り回し、葛《コウ》が胃病に悩むようになるとつききりで看病しました。それで、とうとうみんな、葛《コウ》さんはさすがに目が高いと言うようになりまして」

「夫人の身持ちについて、とかくの話はまるで出なかったのか？」

「まったくございません！」潘《パン》が即答する。「あの人のことを悪く言う者はひとりもおりません。だからこそ証人に召し出して政庁で尋問するのはどうかと思いまして、あの悲しい事件の直後に邸の広間でじかに尋問しました。むろん、規則にのっとって小間使いを夫人のそばに控えさせ、こちらは目隠しの屏風をへだててやりとりいたしましたが」

いちど葛《コウ》夫人に会ってみたくなった。潘《パン》の評価は、喬泰《チャオタイ》の色事のてんまつとまるでちぐはぐだ。それで、こう言った。

「現場を見ておきたいな。まだ宵の口だ、これから葛邸《コウ》へ出向いてみよう。私のことは、臨時雇いの政庁役人だとでも言っておいてくれ」

潘《パン》がうなずいた。

「私も再度見ておきたいとは思っておりました。とくに寝室を。わざわざ葛《コウ》夫人の手を煩わさずともそうできるはずです。主寝室は閉めきって、左棟はずれの女部屋に移ったそうですので」

そこの勘定は狄《ディー》判事が持ち、轎《かご》を呼ぼうかと申し出た。

が、不自由な脚でも下り坂だからさしつかえないと辞退されたので、ふたりでのんびり下って葛《コウ》邸に出向いた。

邸の正門は、真鍮金具をふんだんにあしらった朱の大扉が御影石の太い柱に支えられていた。古風で重厚な黒檀の揃い調度で品よくまとめた大広間に通され、執事が応対に出てくる。お客に茶果をすすめると女主人に口上を伝えに行き、折り返し、鍵を数本持ってきた。つまり、葛《コウ》夫人はおもてだって反対はしなかったのだ。

執事が手燭の支度を言いつけ、ふたりを先導して暗い回廊や院子づたいにあちこち折れ、やがて竹の壺庭に出た。奥まった低い棟が葛《コウ》老人の寝室だ。執事によると、ひろびろした露台に出れば庭や河を一望できるから、という理由でそこにしたのだという。

頑丈な扉の鍵を開けた執事がまっさきに部屋の中ほどへ寄って行き、手燭の火を卓上のろうそくに移した。そうしておいて言葉をかける。「あかりがもっとお入り用でしたら、大灯明をおつけいたします」

狄《ディー》判事がいちはやく室内に目を配る。家具もろくになく、空気がよどんで息苦しいほどだ。きっと、この二日ほどは窓や戸口をいちども開けていないのだ。奥の小さな戸口に近づくと、執事に鍵を開けさせた。きざはし三段をおりると短い通廊になっている。行き止まりの戸を開けると、広い大理石の露台がひらけた。そのさきに、なだらかな勾配をつけた庭がはるか河堤まで続いている。左手寄りに、葛《コウ》が死ぬ直前に夕食会を催した亭が、緑釉のいらかに月を浴びてたたずむ。

しばし露台から景色を眺めたのち、屋内にとって返す。出口の鴨居はかなり低いとはいえ、判事をはるかに上回る長身でもなければ頭をぶつけたりしないだろう。部屋に戻ると、左壁際に白装束のすらりとした女が控えていた。三十路がらみ、端正な細面のいい女だ。たっぷりした喪服で全身隠していてさえ、みごとな体つきがうかがえる。しとやかな伏し目がちの立ち姿には内心うならされた。喬泰《チャオタイ》め、隅に置けん！　下品でそうぞうしいのばかり好きになる相棒の馬栄《マーロン》とは大違いだ。判事がねんごろに頭をさげると、葛《コウ》夫人もかるく答礼した。

さる別件で臨時に拝命なさった沈《シェン》さんです、と潘《パン》が鄭重に引き合わせる。葛《コウ》夫人はつぶらな目で値踏みするようにうかがい、執事をさがらせると、今しがた引き返した裏口脇の低い横長窓にしつらえた席を手ぶりですすめた。そうしながらも、自分はあいかわらずその場につっ立っている。

判事が腰をおろしてふと見れば、おつきの小間使が目立たぬように物陰で控えている。夫人は白絹張りの団扇をもてあそびながら、潘《パン》に向かって冷たい声で他人行儀に述べた。

「お上の御用でわざわざのご足労ですから、わたくしといたしましても、お仕事に支障がないようじきじきに出向いて目配りしなくてはと存じまして」

これでもかと詫びごとを述べにかかった潘《パン》を、狄《ディー》判事が制する。

「両名とも感謝に堪えません、奥さん」そつなく述べる。「こんなふうにして、悲しい事件のあった現場にお立ち会いいただき、心痛お察し申し上げます。ご逝去の正式手続をなるべく早くすませたいという一心さえなければ、こんなご負担をおかけしたりはしないのですが。不時のお邪魔につきましては、あらためてなにとぞご寛恕のほど」

葛《コウ》夫人は返事もせず、終始重みをきかせてこころもち会釈しただけだった。小あきんどの女房あがりにしては、いやに早くご大家の奥様ぶりが板についたものだなと思いながら、判事はてきぱき言葉を継いだ。

「さて、室内を勝手に見せていただきましょうか！」なんの気なしに大きな四柱寝台を見た。葛《コウ》夫人の立ち位置とは向かい合わせの壁際にあり、青無地の帳は閉め切ってある。夫人の背後には朱塗り革でできたおなじみの衣裳箱が積んであった。白いしっくい壁も、石の床もむきだしだ。判事がさりげなく話しかけた。

「ここはまた、ずいぶん家具が少ないんですねえ、奥さん。ご主人の生前にはもっといろいろあったのでは？　たとえば化粧台とか、壁を飾る絵とか……」

「主人は」葛《コウ》夫人が冷たくさえぎる。「質素でしたから。たいそうな財産家なのに奢侈を遠ざけ、日常を厳しく律しておりました」

狄《ディー》判事がふかぶかと頭をさげる。

「それこそ高潔なお人となりの証左ですよ、奥さん。さてと、何から調べようかな？」衣裳箱に目を戻す。「おや、箱が三つしかありませんね。秋、冬、春と書いたのしかない。四個めの夏物用はどこです？」

「いたんだので、他へやって直させております」葛《コウ》夫人がうんざりした声で答える。

「そうですか」と、判事。「一つ足りないのが気になりましてね、日ごろから四つ揃いを見慣れておりますから。ところで奥さん、なるべくご記憶通りに、あの恐ろしい晩にここであったことをお聞かせいただけませんか？　政庁の公式記録ならむろん拝見しましたよ、それでもね……」

ふいに葛《コウ》夫人が団扇で何かを払いのけ、小間使へ語気を荒らげた。

「何度言わせるのよ、このいやな虫を入れるなって言ったでしょう！　早く叩いて！……そっちへ行ったわ！」

そのかんしゃくに狄《ディー》判事は不意をうたれ、潘游徳《パンユーデ》がなだめにかかる。「ほんの一、二匹ですよ、奥さん。なんなら私が……」

葛《コウ》夫人はその言葉を聞こうともせず、蠅を叩こうと必死で手巾《ハンカチ》をふるう小間使をひたすら目で追っていた。

「なんで、そこで打たないの！」じれて声を上げる。「ほら、ほら、そこ……さっさとおし！」

その姿を一心不乱に見ていた判事がやおら立ち、蠟燭をとって、すぐ脇の大灯明に火を移した。

「やめて、そっちはつけないで！」葛《コウ》夫人がどなる。

「どうしてですか、奥さん？」判事が下手に出る。「蠅がまだまだいるのかなと思って、確かめたかっただけですよ」と、手にした蠟燭を天井のほうへかかげてみせる。

「亡くなった人の部屋にこうこうと灯をつけるなんて、失礼よ！」葛《コウ》夫人が冷たくやりこめたが、判事は聞きもしない。天井に目を釘づけにして、おもむろにこう述べた。

「変だとは思われませんか、奥さん、この部屋にこれだけ蠅が出るなんて？　とくに、二日もしめきってあったというのに。そら、まだ多少は鈍いようですが、灯がついて明るくなれば、そのうち元気に飛び回りますよ！」

声高に止めだてする葛《コウ》夫人におかまいなく灯心四本にすばやく火をつけ、高くかかげて天井をよく調べた。葛《コウ》夫人が思わず前へ出てきて視線の行方を追う。すっかり青ざめ、息づかいも荒くなっている。

「おかげんでも、奥様？」小間使が気づかう。だが、奥様の方はそれどころではない。蠅の群れが大灯明めがけておりてきて、やかましく羽音をたてて巡りだすと、はじかれたように後ずさった。

狄《ディー》判事が潘《パン》に言う。「そら、やつらは下へ行くぞ。もう灯明には見向きもしない！」

老人はひたすらあっけにとられていた。判事がどうかしてしまったといわんばかりの顔だ。

判事が寝台に近づき、かがんで床を調べた。そして身を起こし、どっちつかずに潘《パン》と葛《コウ》夫人に声をかけた。

「妙だぞ！　帳のすそにだけ、びっしりたかっている！」

帳を持ち上げ、寝台の下をのぞきこむ。

「ははあ！」と言う。「そうか、こいつらのお目当ては床なんだ！　さもなくば、ひょっとして床の下にあるのかな？」

こらえきれずにもらした悲鳴が背後でかぼそくあがったので、すかさず判事が振り向く。床にへたりこむ葛《コウ》夫人が見えた、気絶している。小間使があたふた寄ってきて脇に膝をついた。判事も近づいて、ぐったりした女をしばらく見おろしていた。潘游徳《パンユーデ》がおろおろする。

「し、心の臓を悪くされたんだ、ここはこれで……」

「ばかをいうな！」判事が一蹴し、小間使に命じた。「放っておけ！　それよりこっちに来て手伝ってくれ、寝台を向こう側へずらすんだ。潘《パン》も手を貸して——かなり重たそ

葛《コウ》夫人の閨房にて

うだぞ」

だが、床にでこぼこがないおかげで、さほどの手間もなく窓脇へとずらせた。

狄《ディー》判事が膝をついて床の甃《いしだたみ》を調べ、衿もとに忍ばせた楊枝で継ぎ目をほじってみる。そこで立った。「最近になってはがした形跡が数枚ぶんあるぞ！」大声で小間使に命じる。「大急ぎで包丁と鋤をとってこい！　あっちでほかの召使と雑談するんじゃないぞ！　すぐさま戻れ、いいな？」

おびえた小間使が転がるように駆けていってしまうと、判事は暗い顔で潘《パン》を見た。「悪鬼羅刹のしわざだな、なんたる非道なたくらみか！」

「さ、さようですな！」口ではそう答えたものの、さっぱり要領を得ない顔だ。が、判事の方ではそんなことにおかまいなく、わき目もふらずにさっきの床をにらんで、おもむろにあごひげをしごいていた。

小間使の戻りを待って膝をつき、包丁をさしこんで、ゆるんだ甃《いしだたみ》を二枚はがす。下の土はじとっと湿っていた。そこで鋤に持ち替え、残りの甃《いしだたみ》をはがして脇に積み上げていく。浮いてはずれやすくなっていた甃《いしだたみ》はしめて六枚、縦横五尺に三尺ほどの矩形をなしている。そこでやおら帽子を脱いで腕まくりして鋤をふるい、床下の柔らかい土をせっせと上げにかかった。

潘《パン》老人が仰天する。「そんな、もったいない！　そんなことは下男を呼んでやらせます！」

「黙っておれ！」と一喝した拍子に、何やらぐんにゃりした手ごたえがある。さらに掘り進むにつれて、吐き気ものの臭いとともに赤革がちらりとのぞいた。

「さっき見あたらなかった衣裳箱はここにあったぞ、潘《パン》！」と声を上げ、女主人のそばに這いつくばって介抱に必死の小間使を一喝した。「門へ走れ！　潘《パン》さまのお言いつけだと言って、門番をすぐさま政庁へやれ！　そして巡査長に伝えさせるのだ、巡査四名と女牢の牢番を連れてまっすぐここへ向かえと！　それと、帰りがけにこの家の祭壇から火をつけた線香束をもってくるんだ！　さあ、早く行け！」

狄《ディー》判事が額の汗をぬぐう。倒れた葛《コウ》夫人を気の毒そうに見ていた潘《パン》が、たまりかねて気がねしながら口を出した。

「あのう、もっと楽な格好に寝かせてあげてはいかがでしょうか？　あの……」

「いらん」判事はにべもない。「正気づかせるには冷たい床がいちばんだ。あの女は、夫の死体がこの床下に埋まっているとも百も承知だった。ぐるになって殺したのだからな」

「ですが、夫は身投げか事故かはともかく、河へ落ちたんですぞ。この目で見たんですから！」

「死体はあがらなかっただろう？　つまりだ、葛基元《コウチーユアン》は薬を取りにきたところをやられたんだ、この室内で」

「すると、飛び出してきたのは誰です？」

「下手人だよ！」そう答えるや、狄《ディー》判事は鋤をまっすぐ立てて、腕組みしてもたれながらこう続けた。「巧妙きわまる。葛《コウ》を殺し、死体はこの床下へ埋めておいて長衣と帽子をはいで身につけ、顔に血を塗りたくる。そうしておいて露台から庭へ走り出た。あちらの一同は葛《コウ》が寝室から出てくるものと思っていたし、さっきと同じ長衣と帽子も見てとれる。そこへもってきて絶叫と血だらけの顔にどぎもを抜かれれば、別人だと誰ひとり気づかなくとも無理もない。下手人は当初、亭めざして走ったが、近づきすぎないように気をつけた。そして中ほどで向きを変えて河堤へ駆け寄り、河へ飛び込んだ。恐らくはそのまま下流へと流されていき、人目のない場所で陸にはいあがったんだ。帽子の方は河に投げ込み、さも流されていったように見せかけた」

潘《パン》が深くうなずく。

「なるほど、ようやく得心がゆきました！　ですが、その下手人とは何者でしょうか？　もしかすると孔山《クンシャン》ですか？」

「確かに、孔山《クンシャン》がいちばん疑わしい」狄《ディー》判事は答えた。「葛《コウ》を殺してあの帳簿を盗ったに違いない。腕っぷしは強そうに見えんが、泳ぎは得意だろう」

「あの顔の血は、自分で傷をつけたのかもしれません」

「さもなくば葛《コウ》の血を塗ったか。そら、小間使が戻ってきた。葛《コウ》を殺した手口をあらためるとしよう。火のついた線香束を受け取って、私の顔のそばにかかげていてくれ」

言われたとおりにする潘《パン》のそばで、首布で口と鼻をかばいつつ、赤革の箱にかぶさった土を鋤でよけにかかった。そして箱の上部があらわれると膝をついて、蓋のぐるりに貼り回した封印をはがす。はがしおえると身を起こし、鋤の先端で開けた。

とたんに、すさまじい悪臭が鼻をうつ。潘《パン》はあわてて鼻を袖でおさえ、青煙がもうもうと身辺にたちこめるほど線香束を振り回した。箱の中で、きゃしゃな男の死体が下着ひとつで二つ折りにおさまっていた。半白の頭は無帽で、左肩甲骨の下に短剣の柄が突き立っている。しわだらけの顔を、判事が鋤の端でこちら向きにさせた。

「葛基元《コウチーユアン》か?」

ふるえあがった潘《パン》が口もきけずにうなずくのを見届けると、箱を閉じて鋤をうっちゃり、窓をいっぱいに開けた。そしてまた帽子をかぶり、汗だくの顔をぬぐう。

「おたくの巡査長たちが来たらその衣裳箱を引き上げさせ、死体を入れたまま政庁へ運ばせろ。目隠し輿を呼んで女牢番とともに葛《コウ》夫人を護送し、政庁の牢に入れておけ。あとは滕《トン》知事に一部始終を報告し、私はひきつづき孔山《クンシャン》捕縛に向かったと伝えておいてくれ。かりにやつが下手人でないとしても、なんらかの有益な情報は握っているはずだ。知事さまは明朝に急用で州政府へ向かうお心づもりだったのだが、こんなふうに新たな事態がもちあがったことだし、朝いちばんに開廷して葛《コウ》夫人を尋問される方がよろしかろう。もしもそれまでにうまく孔山《クンシャン》が捕まれば、明朝の公判で一気にかたがつく。釆府へはそちらがすんでからご一緒するつもりだ。では、ひとまずこれで。政庁へ戻ったら、死体発見の報告書を仕上げておいてくれ。あした、証人として署名しよう」

そこで潘游徳《パンユーデ》と別れ、さっきの小間使に門まで案内させた。

おもての通りはまだ暑かったが、今しがたの悪臭ただよう室内に比べればなんぼかましだ。坂をずんずん登り、まちの中心部にきた。そして、暑さでへたばりながらも、鳳棲酒楼の横丁にさしかかった。

窓越しに、浮かれ騒ぐ声がもれてくる。よかった、みんなまだ起きている。孔山《クンシャン》の情報をいま少し仕入れられそうだ。そこへ給仕が戸を開けてくれたが、ただでさえ不景気面がいちだんと辛気くさい。どうやら宵っ張りは性分に合わないらしかった。

14

意外な筋から情報を得て
ある筋書に見通しがつく

粗悪な安蠟燭六本がさかんに煤煙をあげるなか、酒場はすっかり盛り上がっていた。いつもの四人に喬泰《チャオタイ》と白面書生が飛び入りしてにぎやかに卓をとりまき、つきが巡ってくるたびに、てんでに声をはりあげて地口の大合唱が始まる。伍長は膝に石竹をのせてあの籐椅子にかけ、片手で女の腰を抱いて艶めいた歌などやらせ、あいた方の手で拍子を取ってやっていたが、判事を目にして景気よく声をかけてきた。

「ようっ、捕り方のおっさん！　捕り物はうまくいったかい？」

「影も形もないんだ、捕り物になるか！」狄《ディー》判事が渋い顔をする。

「だがよう、こいつはすっかりあんたのとりこだとさ！」伍長が臆面もなくにたにたする。「今後はおたがい同門の兄弟って呼びあおうじゃねえか？　もうこうなりゃ身内も同然だぜ！」女を押して立たせ、尻をぴしゃりとやる。

「それそれ、ひげだんなに教わった新規の一手をご指南といこうじゃねえか！」

二人で笑いながら二階へと姿を消す。

狄《ディー》判事が窓辺の席につくと、立った喬泰《チャオタイ》が売り台から酒杯を二つもってきた。腰をおろすさなか、判事が意気ごんで尋ねる。

「孔山《クンシャン》はあらわれたか？」

「まだ見かけません！」と、喬泰《チャオタイ》。

狄《ディー》判事が酒杯を卓に叩きつけるようにして、こんなふうにほぞをかむ。

「おまえの言う通りにすればよかった！　やみやみと野放しにしてしまって、われながらとんだ大へまだ！　あいつめ、どういうわけでいまだに顔を出さないのかな。抜け目ないやつのことだ、政庁に捕縛されたからにはおっつけ冷《ロン》の家産が差し押えられかねない、そうなれば天雨金匠店で飛銭を受けつけなくなると、とうに見越していそうなものだが」

そこで賭け卓の連中に声をかけた。「おい、そこの連中。だれか孔山《クンシャン》のいどころを知らないか？」

禿が一座の顔を見渡し、かぶりを振る。

「とくに決まったねぐらはないんじゃないかな、兄貴。あったとしても、聞いたことねえよ。あいつのことだ、おおかた仲間の蛇どもとつるんで、石の下でとぐろ巻いておねんねしてんだろ！」

ばくち打ちどもがそろって爆笑し、腹を抱えて笑いころげる。

「あの悪党め、まだ何かきたないまねを？」と、喬泰《チャオタイ》がたずねた。

「ああ。おそらく殺しだ」そこでいちだんと声を落とし、葛《コウ》邸の一部始終を話してきかせた。

話し終わるまでに常連四人は賭け金のやりとりを終え、どやどやと二階へあがっていく。白面書生はおもてに出て行った。給仕が卓に近づいてきて、まだ用があるかいとたずねる。ないと言われると、売り台の裏に消えた。

「あいつ、あんなところで寝るのか？」判事が驚く。

「はい、それはもう！」喬泰《チャオタイ》がにやつく。「棚の二段めに、あつらえたようにぴったりはまるんですよ。それで孔山《クンシャン》のことなんですが。いやあ、こう言いたくないのはやまやまですが、葛《コウ》老人を殺《や》ったのはどう転んでもあいつのはずないですよ。なぜかというと、あの河に飛びこむなんて芸当、あいつじゃ荷がかちすぎます。現場を見ましたがすごい急流で、鋭い岩場がそこらじゅうに出てるわ、渦はいたるところにあるわと剣呑きわまる難所なんですよ。あれにざんぶと飛びこんでうまく流れにのって助かるようなやつは、河のすみずみまで知りつくし、泳ぎの技ももちろんですが、流れをしのぎきるだけの体力と粘りがありませんと。いまのは額面通りにとってもらっていいです——とてもじゃないが、孔山《クンシャン》の手には負えません！」

「そうなると孔山《クンシャン》には仲間がいるな。河へ飛び込んだのはそいつだ。自殺を装った狂言そのものに孔山《クンシャン》の曲がった性根がはっきりうかがえる。しかも冷呈《ロンチェン》の帳簿を盗んでいることからしても、殺人現場に居合わせたのは間違いない。明日になったら潘游徳《パンユーデ》に腕の立つ部下を選ばせて捕縛にさしむけよう。やつが金を持たずに、さもなくばわれわれに汚い小細工をしかけずに、おとなしくまちを出ていくなどありえん！」

「仲間といえば」喬泰《チャオタイ》がしぶしぶ言いだす。「葛《コウ》夫人のうちへあがりこんださい、別な誰かを待っていたのにすっぽかされたという話でした。あのときは妓女だとばかり思い込んでいたので、その相手もなじみ客かと。ですが、もしかすると情人《いろ》だったんじゃないでしょうか。孔山《クンシャン》の仲間はそいつかもしれません。あっ、そういえば！　じきにまちを離れる予定だとか言ってましたよ！」

「そうはさせん！」判事は断言した。「あの女は牢にぶちこんだ。あきらかに、殺しの件を承知していたからだ。明日は滕《トン》知事に願い出て臨時陪席判事に任命してもらい、葛《コウ》夫人の尋問に出ようと思う。その公判が終わったら、滕《トン》の付き添いで采府へ同行する」そう話しついでに、画家と女があいびき宿の逢瀬で二度とも謎の男に見張られていた件や、女が滕《トン》夫人ではないだろうという最終見解についても述べた。「そんなわけだから、葛基元《コウチーユアン》の一件がすらすら運んでほっとした。滕《トン》知事には負い目があるのでね。さて、そっちの午後はなんぞ収穫があったか？」

「ちょろいもんでしたよ。昼寝のあとで出かけました。あのすかした若造の白面書生が、いらんというのに途中までしつこくついてきましてね。ひどく気を持たせた言い方で、じきにひと旗あげるんだとかなんとか。全部ひとりでやったおかげで、近いうちに二百金がそっくり転がりこむんですと！」

「いやあ、近いうちにどころか、この先二百年はなかろう！」と、判事。「そういえば、沼地への道すがらも似たようなほらをさんざん吹いていたな。それで、屯所の首尾だが、ご親切な宿のあるじについてはなんと？」

「いつものように、さんざんたらい回しにされました」喬《チャ》泰《オタイ》が苦笑いする。「脱走兵の記録なら軍警察だと人事に言われ、行けば行ったで軍警察は人事の所轄だと言うわけで。あげくに、さる曹長が気をきかせてちょっと離れた場所へ呼んでくれ、このまま待ってたら白髪になっちまうよ、西方軍第三連隊だった軍警察の毛《マオ》大尉どのならご記憶かもしれんと教えてくれました。そうなんです、この毛《マオ》大尉ってのは平来《ポンライ》要塞の毛《マオ》大佐（『五色の雲』所収「赤い紐」参照）の甥にあたるんですよ。前代未聞にきざったらしい口ひげをぴんとはねてましたが、なかみは実に気持ちのいい好漢でして、伍長のこともよく覚えてました。兵としては最優秀、実戦で剛胆ぶりを発揮しておほめにあずかったことも一度や二度じゃなく、部下はこぞって心服していたそうです。ところが、そのうち部隊長が替わりました。新しいやつは武《ウー》大尉とかいう見かけ倒しの二枚舌で、兵の俸給をぴんはねしてやがったんです。それで抗議したある兵を不服従のかどで鞭刑、それも弓弦による百打を命じました。刑執行を命じられた伍長が断わると、今度はそっちをぶちはじめ、ぶち切れた伍長になぐり倒されました。上官をなぐれば問答無用で死罪です、それで逃亡したというわけで。ちなみに武《ウー》のその後ですが、金をもらってひそかに夷狄と通じていたことが露見して首をはねられました。ですから、脱走後も凶悪な罪状をこしらえずになんとか通してきたんなら、今回だけは大まけにまけて一切を水に流してやってもいっこうに構わんそうです。いまの軍にはあんな男がぜひとも要る、あの知事閣下のお口添えとあらば、曹長昇進のおまけつきで軍に復籍させてやろうという話でした。以上です」

「そう聞いてうれしいな」と、狄《ディー》判事。「伍長はがさつだが根は優しい男だ、できる限りのことをしてやろう。さて、それで易者はどうだった？」

「あの易者はほんものです、まず間違いありません。いかめしいじいさんで、易断にはしんから打ちこんでます。長いつき合いの葛基元《コウチーユアン》を高く買っており、ちと細かいきらいはあったがよく気のつく人でな、いつも惜しみなく善行を施しておったよ、と述べていました。孔山《クンシャン》の人相風体もいちおう説明してみましたが、見たこともないそうです。事のついでにおれの運もちょっと見てくれないかと頼んでみましたら、ご老体が手相をみて、剣難の相だね、刃に斃《たお》るる運命《さだめ》だと申します。最高だ、それこそ本望だと言ってやりましたよ！　じいさん、しきりと気に病んでましたが。さっきも言いましたようにこの道ひとすじで、自分の卦を大まじめに信じて疑わないもんですから」

「ま、そっちはそれで片がついた！」と、判事。「葛《コウ》に含むところのある何者かが易者に袖の下をつかませ、計画実行の布石として十五日を厄日と言わせたのでは、とも思えたのでな。さあ、もう行って寝たほうがいい。朝早くに政庁へ行かないと。鳳棲酒楼に泊まるのも今夜限りだよ、喬《チャ》泰《オタイ》。明日になれば、どうしたって偽名を捨てざるをえん。残りの休暇は政庁の客室に泊めてもらおう」

喬泰《チャオタイ》が蠟燭を持ち、そろって二階へあがる。

狭い寝室は前夜にもまして蒸し暑かった。それで狄《ディー》判事が窓を開けようとしたが、不潔な油紙の向こう側にぶつかる音が無数に聞こえ、羽虫の大群が待ちかまえているのを思い出した。ため息まじりに硬い寝台に寝転んで長衣をかきあわせ、厚板の割れ目からじきにぞろぞろ這い出す予定の別な虫から身を守ろうと、はかない抵抗を試みる。喬泰《チャオタイ》はまたもや戸口に頭をくっつけてふさぎ、大の字なりに床に寝そべった。

板寝台の狄《ディー》判事の方はしじゅう寝返りを打ったものの、なかなか寝つけない。そのうちに息苦しくなってきた。蠟燭を消してしまったあとだし、心なしか羽虫の体当たりも減ったようだ。それでやっぱり窓を開けることにした。だが、押しても引いてもびくともしない。はめ殺しなのだ。そこでかんざしを抜いて、先のとがりで方形の窓枠に貼った油紙にすいと切れ込みを入れた。そこから、さやかな月光とともにそよ風がさらさら入り、なんだか息が楽につけるようになった。そこで板寝台に戻ってあらためて寝直し、首布を顔にかぶせて虫よけにし、そうこうするうち疲れに負けて寝入ってしまう。

静かになった鳳棲酒楼で、いびきの音だけが規則正しく響いていた。

15

寝込みを襲う地獄の業火
諸行無常に思念を巡らす

ふとした気配で喬泰《チャオタイ》が目覚めた。きなくさい臭いがつんと鼻をつく。

狄《ディー》判事の副官としてまちに暮らしてはや一年になるが、緑林時代につちかった野性の勘はあいかわらず健在だ。くしゃみが出たとたんに火事だとひらめき、この宿が木造なのを思い出す。瞬時にはね起き、狄《ディー》判事の脚をつかんでひっぱりながら戸口に体当たりする。あいた戸口から判事を引きずって転げ出た狭い廊下の暗がりで、いやにぬるぬるしたやつに行き当たった。つかまえようとしたがそいつはかわして逃げ、階段を転げ落ちたあげくに下の床に激突、そのまま声も出せずにうめいている。せきこみながらも、喬泰《チャオタイ》が声を限りに呼ばわる。

「みんな起きろ！　火事だ！」そして判事に、「早く下へ！」

あとはえらい騒ぎになった。あられもない姿で狭い廊下へ殺到し、口汚くわめきちらすばかりで右往左往している連中を、喬泰《チャオタイ》と判事ですみやかに退避させる。階段下に転がっている何者かに喬泰《チャオタイ》が蹴つまずいて転倒した。が、めげずにはね起き、まっしぐらに出口へとびついてぶち破った。そこで大きく空気を吸い込み、咳やくしゃみまじりに中へとって返し、手探りで売り台にしまってある火口箱を探しだして蠟燭をつける。じきに狄《ディー》判事もおもての路上に脱出してきた。めまいと吐き気はあるものの、くしゃみしているうちに和らいだ。二階に目をやったが、まっくらで火の気配はない。火事ではなかったが、何があったかおよその見当はついた。中へ引き返してみると、売り台裏から

あられもない乱闘騒ぎ

寝乱れ頭の給仕が這い出してきて、追加の蠟燭をつけにかかっていた。

明るくなってみると、珍妙きわまる眺めだった。一糸まとわぬ伍長は毛むくじゃらの大猿そっくりだ。禿ともども仁王立ちした足もとに、すっぱだかの全身にたっぷり油を塗りつけ、左脚を抱えていくじなく泣きながら床にへたりこむ怪しい人物がいた。ばくち打ちの三人はおしるしばかり上にひっかけて、眠気と煙にうるむ目を互いに見合わせるばかりだ。石竹は裸の腰だけをかろうじて隠し、床でうめく人物におびえた目をみはっている。唯一まともななりは喬泰《チャオタイ》を従えた判事ぐらいのものだが、かがんで二尺ほどの竹の吹矢筒を拾い上げた。筒の端に小びょうたんがつけてある。そのひょうたんを手早くあらためたのち、孔山《クンシャン》に大喝を浴びせた。

「おれたちの部屋にどんな毒を吹きこみおった？」

「毒じゃないよう、ただの眠り薬だよう！」孔山《クンシャン》が情けない声を出す。「別にどうってことないじゃないか、誰かにけがさせたくなかったんだから！　おれなんか、足首が折れちまったよう！」

そのあばらめがけて、伍長が痛烈な蹴りをかます。

「てめえ、骨という骨を一本残らず追ってやろうか！」と、すごむ。「なんのつもりでこそこそ忍びこみやがった、この生まれ損ないが！」

「盗みだよ、目当ては私だ」判事がそう教え、入口付近に丸めて置いてあった衣類一式を調べる喬泰《チャオタイ》のほうを見た。

「そこはもう閉めていいぞ」と、声をかける。「この悪党が部屋に吹き入れた粉薬の量ならたかがしれている。今ごろには風ですっかり飛んでしまっただろうよ」それから伍長に、「そら、この野郎めはここで服を脱いで全身に油を塗ったんだ。そうすれば手が滑って捕まえにくいから、すり抜けて逃げられるという寸法だよ。はなっから、手当たり次第に盗めるだけ盗んで逃げ出そうって魂胆さ！」

「なら、話は早え」と、伍長。「殺しは好きじゃねえんだが、仲間うちで盗みをはたらくようなやつは生かしちゃおけねえってのが渡世の掟だ。だからこれから始末する。だが、その前にねじ上げて吐くだけ吐かせな。ここまでやられてんだ、一番手はあんたに譲ってやるぜ！」

そこで手下どもに合図し、よってたかって孔山《クンシャン》を大の字なりにおさえつけ、手足を踏んづけた。禿に折れた足首を踏まれて孔山《クンシャン》は絶叫し、またも伍長にさんざん蹴られた。

そこで狄《ディー》判事がもういいと手を上げ、身動きもままならない相手を、まるで初めて見るようにあらためてつくづく眺めた。やせさらばえた体には、火傷とおぼしき古傷がむざんに走っている。そこへ近づいた喬泰《チャオタイ》が、孔山《クンシャン》の衣類から出てきた二個の荷包みを判事に渡した。そのうち重いほうを喬泰《チャオタイ》に返してもうひとつを開けてみる。水にぬれてにじんだ帳簿が出てきた。「どこでこいつを盗った？」床に倒れた男をただす。

「拾ったんだよ！」孔山《クンシャン》が金切り声をあげた。

「本当のことを言え！」判事がどなりつける。

「本当だよう！」

「厨房から火のついた炭をとってこい、火ばさみもだ！」伍長が給仕に言いつけた。

「なあに、この悪党めの腹に熱い炭を二つ三つほど置いとくだけさ。それでたいがいは効くぜ。ちょいと臭うんだが、まあしょうがねえわ」

「やめろお！　火責めはよせ！」孔山《クンシャン》が半狂乱になる。

「拾ったんだよう！　本当だってば！」

「どこで拾った？」と、判事。

「ここだよ！　こないだの晩に来て、あんたらが寝てる間に二階をくまなく探したんだ。そしたら、その女の寝台裏にそいつがあった！」

狄《ディー》判事が思わず石竹のほうを見る。

むきだしの乳房を手で隠した女がひっと声をのみ、すがるような目をした。それで一瞬のうちに事情を悟った判事が、すぐさま伍長に言う。

「無用だよ。この根性曲がりめ、でたらめ放題だ。おれと相棒でどこか静かな場所へ連れてって、じっくり話し合う方がよかろう。ここでやったら多少は騒ぐだろうし、そうやって界隈中に触れて回るのも野暮ってもんだろう。沼地へ連れ出そうぜ」

「いやだあああ！」泣き叫ぶ孔山《クンシャン》を伍長が蹴り飛ばしてどなりつけた。

「この野郎、汚ねえ犬め！　おれの女にまで泥おっかぶせる気か？」

「嘘じゃないよう！」孔山《クンシャン》が声を限りに訴える。「そん時ゃ、二、三枚だけちぎりとって、あとは戻しといたんだ。今晩来た時にも⸺」

狄《ディー》判事がすかさず絨氈《フェルト》の部屋ばきを脱いで、孔山《クンシャン》の開いた口につっこんでふさいだ。

「陰口が好きなら、じきに言いたい放題言わせてやる！」そこで伍長にさっきの吹矢筒を見せた。「このひょうたんは粉薬入りだ。こいつを戸の下にさしこんで吹けば、霧のように広がって、中の人間はきゅうっとお寝んねって寸法さ。ところが、この悪党めにとってはあいにくなことに、床におれの相棒が寝てた。そうして頭を戸口につけてたもんだから、粉薬をまともに顔面に浴びちまったんだよ。で、くしゃみして吹っ飛ばし、粉が広がる前に戸をぶち開けて一緒に出た。おれの方は寝る前に窓紙を切り開けてたから、あとは風が始末してくれたさ。さもなきゃ今ごろは、みんなぐっすり寝てるすきにおれと相棒の喉かっさばいてたろうよ。おいこら、部屋の窓を外からふさいだのはきさまの仕業だな？」

うなずきながらも、あごがふくれあがるほど口いっぱいにつめこまれた部屋ばきの始末に四苦八苦している。

「手下どもに言ってやれ、やつの口を膏薬でふさぐんだ。それと竿竹二本で担架をこしらえてもらいたい。そうすりゃ、古毛布で簀《す》巻きにして、おれたちで運んでく。途中で夜警に出くわしても、はやり病の病人だ、これから医者に見せに行くんだと言ってやるさ」

「おい、禿！」伍長がどなる。「その脚を放してやんな、どうせ動けやしねえんだし！　それと、膏薬を取ってこい！」判事には、「なんぞ得物を持ってかねえのか？」「そっちはお手のもんだよ、巡査長だったんだから！」判事が答える。「だがな、あいくちを一本貸してもらっていいか？」

「よっしゃあ！」伍長が快諾する。「それはそうと！　ものは相談だが、そいつの耳と指をもらっちゃだめかい。このまちでのさばりだして、ちっと目に余りだした連中がいるんでな、ちょいと釘をさしておきたい。油紙にくるんで持ち帰ってくんな。そりゃそうとだ、死体はどこに隠す？」

「沼地の底なし沼に埋めるさ。そんなら絶対にあがるまい」

「そりゃいいや！」伍長がわが意を得たりという顔をする。「建前として、縄張り内の殺しはごめんだが、どうせやるなら手際よくやってくんな！」

痛みと恐怖でもう目を飛び出しそうにした孔山《クンシャン》が、手下どもに踏まれながらも半狂乱のていで鰻にでもなったように身をよじって暴れる。禿が部屋ばきをはずしたとたんにぎゃあぎゃあ騒ぎだしたが、その口をすぐ膏薬でふさがれた。手足は伍長じきじきに細引で縛り上げ、石竹が古毛布を出してきて、喬泰《チャオタイ》とふたりで、やせさらばえた男を頭から足まですっぽり巻きこむ。そして手下二人がかついできた急造の担架に、あらためてしっかり縛りつけた。

その担架を、狄《ディー》判事と喬泰《チャオタイ》が肩にかついだ。

そこへ入ってきた白面書生が、あられもない姿の男たちや女を見てびっくりする。

「いったい、ここで何しようってんだ？」

「てめえの知ったことか、がきのくせに差し出口すんじゃねえ！」伍長がどなりつけた。それから狄《ディー》判事にこう言う。「あの沼地界隈なら、夜には人も来ねえ。じっくり腰すえて料理できるってもんさ。その不細工野郎は、前々からどうも信用ならなかったんだ！」

判事と喬泰《チャオタイ》は荷物をかついでえっさえっさと横丁に出た。近所の連中は騒ぎを聞きつけていたにせよ、後難を恐れて知らん顔を決めこんでいる。

二本さきの通りで夜警団に出くわし、頭だつ男に狄《ディー》判事がてきぱき指示した。

「手伝ってくれ、この男を政庁へ運ぶ。要注意の凶悪犯だ」

力がありそうな夜警二名が担架をひきついだ。

政庁正門にくると、狄《ディー》判事は寝ぼけ眼の門衛に名刺を渡して潘《パン》顧問を起こしにやった。夜警たちは門衛詰所に担架をおろして出ていく。じきに、さっきの門衛が手燭をかかげて戻ってくるあとから、部屋着姿の潘《パン》がやってきた。そしてやつぎばやにあれこれ尋ねかけるところをさえぎって、狄《ディー》判事はこう述べた。

「孔山《クンシャン》を捕えてきた。おたくの執務室まで門衛にひったてさせろ。あと、滕《トン》知事をお呼びするように。説明は後回しだ！」

門衛どもが潘《パン》の執務室の床に担架を置くと、狄《ディー》判事の言いつけで燗酒を用意させた。そして判事と喬泰《チャオタイ》の二人がかりで、伍長に借りてきたあいくちで毛布の縄を切り、孔山《クンシャン》を出して肘掛に座らせ、椅子ごと壁際に向かせた。孔山《クンシャン》が口の膏薬をはがそうと懸命になったが、いかんせん細引が容赦なく食いこみ、手を動かすことさえままならない。そのうちにうめき声をあげだした。一本だけの蠟燭が、苦悶の形相と骨と皮で傷だらけの体を照らしだす。左足首が腫れ上がり、足全体が不自然な角度にねじれている。

喬泰《チャオタイ》が言った。

「あの折れた足首で、ひょいと思いついたんですが。あの二人をあいびき宿までつけてった破廉恥なのぞき屋ってのはこいつで、わざとびっこひいてたんじゃないですかね？なら、うまく人目をごまかせますよ。あとは上背もあるしやせてるし、全部当たってますからね！」

とたんに、すごい剣幕で向き直った狄《ディー》判事ににらまれた。

「まあその」喬泰《チャオタイ》はおどおどする。「ただの思いつきです。でも――」

「黙っとれ！」狄《ディー》判事が一喝し、ひとりで怒ってぶつくさ言いながら室内を行きつ戻りつしだした。喬泰《チャオタイ》の方はといえば、何かへまでもやらかしたかと気が気ではない。

判事が足を止め、重々しく述べた。

「礼を言うぞ、喬泰《チャオタイ》！ いまの一言で真相がつかめた。われながらばかをしたものだ、いつまでも未練たらたら仮説にこだわって……そう、これで難問が解けたぞ」

回廊から足音がした。喬泰《チャオタイ》に合図して捕虜の見張りに残し、自分はそちらへ急いで出てゆく。

潘《パン》と同じく部屋着の滕《トン》知事は寝ぼけ眼だった。物問い顔をしたところへ、狄《ディー》判事が声をひそめる。

「副官はさがらせてください！」

滕《トン》が言葉少なに命じ終えるのを待って、さらにこう続ける。

「明日になったら法廷を開き、捕まえてきたやつの吟味を願いたい、滕《トン》さん。知事が内々で尋問してはならないという法の定めはあるものの、当地での私は適用外です。ですから、これからやつを尋問します。あなたは目に入らないように、椅子の背後にいてください」

そこへ、さっきの門衛が酒つぎと杯二つを盆にのせてきた。狄《ディー》判事が受け取って、また入室する。そして孔山《クンシャン》のわきに椅子を引き寄せ、酒つぎと酒杯を手にした。滕《トン》知事と喬泰《チャオタイ》は執務机のわきに立っている。狄《ディー》判事は喬泰《チャオタイ》に合図して戸に鍵をかけさせ、その上で孔山《クンシャン》の口に貼った膏薬をはがしてやった。

孔山《クンシャン》がしどろもどろにひきつる。「や、やめ……やめろ……」

「拷問は断じてしないぞ、孔山《クンシャン》、約束だ」判事が嚙んでふくめるようにやさしく言ってきかせる。「私は特命を受けたお上の者だ、孔山《クンシャン》。あの宿にいる連中のむごい仕打ちから、おまえを助け出してやったんだ。さあ、酒を飲むか？」と、孔山《クンシャン》の口もとに杯を持っていってやる。そのあとで自分の首布をはずしてすっぱだかの腰にかぶせてやった。「あとでまともな服をやるし、足首も医者に手当てしてもらおうな、孔山《クンシャン》。そうすれば、思うさまぐっすり眠れるだろう。ひどく疲れているだろうし、足もさだめし痛かろう？」

宿の手荒な仕打ちとはうってかわった扱いに、孔山《クンシャン》はすっかり弱気になった。無言でさめざめと泣きだし、こけた頬を涙がつたう。狄《ディー》判事は懐から細長い包みを出すと、あの骨董の短剣を孔山《クンシャン》に見せた。そしていぜんとして子供に対するような口調で、

「この短剣は化粧台の上にかかっていたんだな？」

「違う、寝台脇だよ。琴の隣だ」孔山《クンシャン》が答えると、狄《ディー》判事がまた杯を口にあててやる。

「あああ、足首があ！」孔山《クンシャン》がうめき声をあげて嘆いた。

「痛い、痛いよう！」

「大丈夫だ、孔山《クンシャン》、手当てしてやる。すぐ楽になるぞ。拷問はしない、約束だ。昔にひどく焼かれたんだろう？」

「焼きごてでやられたんだよう！」孔山《クンシャン》が手放しでおいおい泣いて訴える。「おれは何にもしてないのに、あの女がひとを呼びやがって！」

「それは大昔の話だ。いまのおまえは現に女を殺しているから、むろん死刑は免れん。だが、すべて楽になるようにはからってやろう、約束だ。誰にも拷問させせん、誰にも指一本ふれさせせんと約束する」

「女のほうから誘ってきたんだよ、あの尻軽めのさしがねなんだ、ほんとだよ！　大昔のあのあばずれとまったく同じだ、おれを誘いやがって！　それなのに、あいつらときたら見ろ、こんなふうに焼きやがって、この体を見てくれよ！」

「どうして焼かれたりしたんだ、孔山《クンシャン》？」

「おれがまだ若いころ、うぶな若造だったころ……あのうちを通りすがりに、窓辺の陰からあの娘が笑いかけてきた。誘ったのはあっちなんだ！　それなのに、いざ入ってみたら、おれの顔がみっともないんで笑ったまでだと……捕まえようとしたら悲鳴を上げやがった。それで喉首をつかんで、おれ……おれ……あの女に酒つぎで顔面をなぐられ、割れた破片が頬を裂き、とがった先で目をやられたんだ。

そら、この傷だよ、わかるだろ！　そうして、駆けつけただれかに手ごめにされるとわめきやがった。そいつらがよってたかっておれを床に押し倒し、焼きごてをあて……みんなして巡査を探しに出かけたあと、おれはほうほうのていで逃げ出し……」

そうして、ひとしきりしゃくりあげる。狄《ディー》判事が無言でまた酒を飲ませた。おこりのようにがたがた震えだした孔《クン》山《シャン》は、歯の根もろくに合わない。

「それからは女に手も触れたことがない、あれからずっとだ。あの……違うあばずれが誘ってくるまで。あんな女なんか欲しくなかった。絶対に誓って言うが、目当ては金だけだったんだ！　頼むよ、それだけは信じてくれよう！」

「前にも知事の家に行ったことがあるか、孔山《クンシャン》？」判事が穏やかに尋ねる。

「一度だけだよ、やっぱり昼寝の時だった。いちばん入りやすいんだ、夜は巡回のおまわりがいるし。裏の非常口から入ったら女は書斎にいて、寝室はもぬけのからだった。家探ししてみたら、化粧台の裏に金庫があった。その時に誰か来る物音がしたんで、庭戸から出て屋根にのぼり、人通りのない裏道に飛びおりて逃げたんだ」

「二度めの時はどうやって入った？」

「壺庭から屋根づたいに入った。庭戸の下から粉薬を吹き入れてしばらく待ち、中へ入ると小間使は薬がきいて、竹の寝椅子でぐっすり寝てた。おれは金庫を開けに寝室に入った。そしたらこの寝室にあいつが寝てた、やっぱり薬で寝てたんだ。すっぱだかでだぞ、あのあばずれ！　本当の本当に、女なんか欲しくなかったのに……やらずにはいられなかった。なんであいつはちゃんと服を着ないんだ、なんで売女みたいにすっぽんぽんで寝てやがったんだ？　あいつめ、おれをたらしこんで汚したんだ！　そして、乙にすましかえったあの顔で、目をつぶったまんまでひとを小ばかにしやがって！　だから短刀を取って、あの尻軽女のいやらしい乳房に刺してやったんだ！　ぐちゃぐちゃに切り刻んでやりたかったんだ、あの性悪な淫乱女を……」

そこで絶句し、憔悴しきった顔から汗がしたたり、油まみれの胸板をすべって落ちた。隻眼に狂気を浮かべて判事を見つめながら、かろうじて蚊の鳴くような声を出す。

「家のどこかで戸が閉まる音がしたんで、あわてて化粧室に出た。小間使はまだ寝てたが、廊下のさきから足音がやってくる。そこで吹矢筒の粉薬をありったけ吹いてから、庭戸を抜け出して後ろ手に閉めた。それでもふらつく足で屋根から通りへおりてよろよろ歩いて行くうち、あの茶館があった。まだ早いから、露台席には給仕だけだ。それで具合が悪いんだと言って椅子に倒れこんだ。茶を何度かおかわりしてどうやら正気づいたところで、この呪われたまち、おれをさんざんに見下げて汚しぬいたこのまちを出ていかなきゃだめだとわかった……そうなると、一刻も早く冷呈《ロンチエン》の金が要る。あとは逃げて……遠くへ行くんだ。しみついたこの汚れをまたきれいに落とすんだ……そこへ、あんたら二人がきた。あんたの方は出てったんで、連れのようすをうかがった。そして、戻ってきて茶を飲む間に、二人まとめてそれとなくようすをうかがった。そして、あんたらなら冷《ロン》から金を巻き上げられると見極めをつけ、あとをつけて宿屋を……」

「もういい、あとは知っている」狄《ディー》判事がさえぎった。「帳簿を入手したいきさつもわかった。あの女の部屋で見つけ、先に数枚だけ破り取って、あとは今夜そっくり盗んだ。そんな点は今のところどうでもいい。今は、どうすればおまえが楽になるかだけ考えねばな。私の策を話してやろう。滕《トン》夫人殺しはただの殺しということにする。もしも女を犯したことまで白状すれば、手ひどく拷問されるぞ、孔山《クンシャン》。生きながら寸刻みの凌遅刑にかけられるぞ。首斬り役人が手始めにどこから刻みだすかは知っているな？　まずは、胸の肉を少しずつそぎにかかり、それから……」

「いやだ！」孔山《クンシャン》は悲鳴をあげた。「助けてくれ！」

「ああ、助けてやるとも。だが、これから言うことをよく聞いて、まちがいなくやるのだぞ、孔山《クンシャン》。こう言うのだ。滕《トン》夫人が北門外の屋敷に住む姉さんをちょいちょい訪ねているのは知っていた。だから壺庭に忍び込み、小間使がいないのを見すまして戸を叩いた。そして滕《トン》夫人にこう知らせた。姉上さまからの使いです、一刻を争う内々の用件ですぐおいで願いたい。姉上さまがたいへんな面倒ごとに巻き込まれ、十金をご用立ていただきたいと仰せです。ただし他言は一切無用、たとえご主人といえどご内聞に。その言い分を夫人は信用し、金を持って非常口から一緒に出かけた。ちょうど昼寝どきで人通りはなく、誰にも見られずに廃屋あとを抜けて夫人を沼地に連れこんだ。そこで金と宝石類を渡せと脅すと、夫人が助けを呼ぼうとしたので、怖気づいたおまえは短刀を抜いて黙らせようとした。その短刀を奪いにかかった奥方ともみ合いになり、あやまって刺し殺してしまった。そのあとで耳環と腕輪と金包みを奪い、金は使ってしまったが装身具は処分できなかった。以上だ。耳環と腕輪はここにある、証拠の品として提出しろ」

袖からあの装身具一式を出して、孔山《クンシャン》に見せた。その上で、さらにこう命じる。

「終始その話で押し通せ、孔山《クンシャン》。そうすれば打たれたり拷問されたりは断じてない。死罪は免れんにせよ、ひと思いの死ですむ。孔山《クンシャン》よ、それでおまえの不運一切にけりがつき、もう何も怖がることはない。すぐに気持ちいい寝床に寝かせてやろう、医者にも足を手当てしてもらえ。あとは数時間ぐっすり眠るがいい。明朝の公判で尋問されるから、今の話をその通り言えば、これから何日かは枕を高くしていられる。何日もの間、昼も夜ものんびり休めるんだぞ、孔山《クンシャン》、のんびりと……」

骨と皮の相手は返事せず、だんだんと重たげにうなだれていく。もう精根尽きて、気絶したのだ。

立った狄《ディー》判事が喬泰《チャオタイ》に耳打ちした。

「門衛を呼んで牢番長のもとにやり、この男を収監させろ。医者に足首を手当てさせ、薬も与えるようはからえ」滕《トン》を身ぶりで呼び寄せ、ともに外へ出た。

知事は死人さながら青ざめていた。もごもごと礼らしきものを述べかけ、判事にさえぎられる。

「今夜はこちらに泊めていただいても、ご迷惑でないとよろしいが」

「どうぞどうぞ、狄《ディー》君！　ご意向通りにしてくれたまえ！」と、庭に出ていく。「なんともはや……狄《ディー》君、何と言ってよいやら！」

「まったくです」判事がさらりと相槌を打つ。「さて、おたくの副官を呼んで、うちの副官の下に巡査十二名をつけるようにと命じていただいてよろしいですか。そしたらさっそくその者らをさしむけ、当地の裏社会を束ねる伍長という通り名のやつと、白面書生なる不良少年を捕えさせましょう」

「いいとも！」

すぐさま手を叩いて潘《パン》を呼び、おそるおそる顔を出した副官に、判事の泊る客室の支度をまっさきに言いつけ、二名の捕縛についても諸事あちらのご指示通りにはからえと命じた。その後に、ふっと形ばかりの笑みをもらして述べる。

「狄《ディー》君、きみのご滞在が長びいたら、うちの牢ではとうてい足りんな！」

「明朝の公判で、捕縛した連中をご一緒に取り調べましょう」狄《ディー》判事が淡々と流した。「公判の最初に、私を陪席判事に任命願いたい。そうしていただければ、捕縛したうちの何人かはじかに尋問できます。ではこれで、おやすみなさい！」

潘《パン》と喬泰《チャオタイ》にひととおり指示したあと、召使の案内で応接間のさきにある客用寝室へ通された。

快適な広い寝室だった。そこの肘掛にかけて見るともなく見ているうちに、召使ふたりが壁際の高い卓上におさまった銀燭台をともし、彫り紫壇の四柱寝台にかかった絹帳を開ける。そこへ、執事が大盆にお茶と軽い冷菜をのせてあらわれ、すぐあとから寝ぼけ眼の小間使もやってきて、朱塗り衣桁に洗いたての夜着をかけていく。熱いお茶を給仕した執事が脇壁にかかった大ぶりな山水軸の手前に線香を立て、ねんごろに頭をさげて鄭重この上ない挨拶を述べた上で引きさがった。

狄《ディー》判事は椅子にくつろいでゆっくりお茶をすすった。しばらくして、ものうく左腕をかかげて袖から孔山《クンシャン》の吹矢筒を出し、ため息まじりに卓上にのせた。その可能性にもっと早く気づくべきだったのに。あれだけの騒ぎがあってもいっこうに目をさまさず、滕《トン》が花瓶を大理石の床に落としてみじんに割ってしまっても気づかなかった小間使や、あんな殺され方だったのに安らかな女の死顔——薬のせいだと、あの事実からすぐ思いついて当然ではないか。偶発事故などではない。滕《トン》知事は発作を起こしたわけではなく、孔山《クンシャン》が逃げ出す直前に化粧室にばらまいていった粉薬をもろに食らったのだ。そして、知事が化粧室に入ってきて、開きかけの戸口から寝室をのぞいた時点で、滕《トン》夫人はもうとうに死んでいた。

おもての路上で夜警が拍子木を鳴らしていくのがかすかに聞こえる。あと二、三時間もすれば夜が明けるのだ。これからでは眠れそうにない。

ふと見れば、部屋の片隅に艶出し竹のしゃれた小さな書架がある。そちらへ行って、高価な錦で装丁した本をふと手に取って開いてみた。滕《トン》知事詩集の愛蔵豪華版で、白玉とまごう特上紙の刷りだ。憤懣の声とともにほかの本のすきまにぐいとねじこみ、あてずっぽうに別のをとってきて腰をおろした。仏典だ。声に出しておもむろに読みあげる。

諸行無常（生きとし生けるものに苦しみ憂いはつきもの）
是生滅法（この世に在ることすなわち苦しみ憂いなのだ）
生滅滅已（なればこそこの世への執着をことごとく捨て）
寂滅為楽（輪廻をやめ涅槃に達するしか救いの道はない）

本を閉じた。孔孟の徒である以上、浮屠《ふと》（仏教）の教えにくみする気はさらさらない。だが、口にのぼせたばかりのそのくだりは、わずか数行であまりにも的確にいまの心境を言い当てていて、はっと胸をつかれる。

そうやって膝に書物をのせたまま、いつしか肘掛で眠りこんでいた。

16

両名そろって法廷に臨み
男女は胸のうちを明かす

夜が明けると、身支度中の狄《ディー》判事のもとに喬泰《チャオタイ》がはやばやと報告にきて、あごひげをとかしているそばでこんなふうに述べた。

「伍長と白面書生はこちらの牢に収容しておきました。初めのうちこそ禿以下の手下どもが伍長を守ろうと匕首をかまえ、あわや血の雨となりそうでした。ところが伍長が叱りつけたんです。『刃物沙汰はご法度だって、あれほど言ってあるじゃねえか！　もはやこれまでだ、跡目は禿に譲るぜ！』そう言い置いて、いさぎよくお縄になりました」

狄《ディー》判事はうなずいた。

「もうひとふんばり頼む。門衛に馬を借りて、北門外にある滕《トン》夫人の姉の邸に行ってくれ。そちらで、ほかの姉妹二人の住所を聞き出すのだ。あと、帰りがけに評判のいい絹物屋に寄って、良家の子女が着るような上等の絹を二反買ってきてくれ。金はこれだ」喬泰《チャオタイ》に銀十粒を渡してさらに、「公判終了までに戻ってこられるようなら、途中からでも入ってかまわん。判事席の私の背後に控えて、ことのなりゆきを見届けるがいい！」

ぜひとも今回の公判に出たいので、喬泰《チャオタイ》はそそくさと出ていった。狄《ディー》判事の方は熱いお茶で一服してから潘游徳《パンユーデ》の執務室に向かう。

午前公判の進行については、狄《ディー》閣下のご裁量ひとつでいかようにもとことづかっておりますと老副官に言われ、判事が尋ねる。

「葛《コウ》の死体発見に関する報告書はできているか？」

潘《パン》から渡された文書数枚にていねいに目を通し、ところどころ手を入れて、発見のお手柄をことごとく潘《パン》の功績に帰した。その上で署名捺印し、書類を返して述べる。

「陪席判事任命ののち、滕《トン》知事さまに孔山《クンシャン》を尋問していただく。被告が言い逃れを試みた場合のみ、私が口をはさむことにする。次に、私がじかに葛《コウ》夫人を尋問し、最後に知事さまとご一緒に両替屋冷呈《ロンチェン》を尋問する。ここに飛銭二通、額面はどちらも三百五十金だ。二枚合わせて冷呈《ロンチェン》が横領した金額のほぼ三分の二になる。そこの受取人欄に葛《コウ》荘園と書き入れてくれ。当然ながら、その金は遺族のものだ」

さらに袖から、喬泰《チャオタイ》が孔山《クンシャン》の衣服で見つけた重い方の包みを出した。

「こちらは黄金四錠、つまり二百金だ。元をただせば非常用に葛《コウ》がしまっておいた手もと金で、孔山《クンシャン》が葛《コウ》の金庫から盗んだものだ。この金もやはり葛《コウ》荘園に引き渡すように。あと三百金については冷《ロン》が天雨金匠店へ預けっぱなしになっている。押収して、しかるべき時機をみて、同じく葛《コウ》一族に返すように手配してくれ」

「あなたさまは容疑者をつきとめられたばかりか、金までそっくり取り返されたんですね！　こんなに早くやりおおせてしまわれるなんて、どういうふうになさったんですか？」

「なに、たまたま巡り合わせがよかったんだよ」と、適当にお茶を濁す。「よかったら、出廷用のしかるべき装束一式を拝借できるかな？」

潘《パン》が召使を呼びつけ、紺青緞子の長衣に金縁の黒繻子帽を持ってこさせた。それを狄《ディー》判事が長衣の上に重ね着し、よれよれになった帽子を袖口につっこんで、金縁帽をかぶる。見違えるようななりで客用寝室に戻り、執事に簡素な朝飯を言いつけた。

食べ終えて箸を置くと、裏のささやかな石庭に出て、後ろ手に組んで歩き回る。くたびれはてているのに、気持ちが落ち着かないせいで一時もじっとしていられないのだ。

そこへようやく正門の大銅鑼が三たび鳴り、午前の開廷をしらせた。滕《トン》知事は法廷奥の知事専用執務室で待ち受けていた。こちらは緑錦の官服に、左右に張り出した判事帽をいただく県知事の正装だ。そろって獬豸《かいち》を刺繍した緞帳をくぐり、ともに登壇した。そして、滕《トン》のたっての勧めで狄《ディー》判事が右手の上座につく。

昨夜の葛基元《コウチーユアン》邸での騒ぎや葛《コウ》夫人ほかの逮捕劇は、すでにまち中が知っている。廷内はすし詰めの満員だが、それを上回る大人数が押すな押すなで入口につめかけていた。

滕《トン》知事が点呼をとったのち、狄《ディー》判事の陪席判事任命書を記入にかかった。そこで書く手を止めて筆をかかげたままで尋ねてくる。

「で、任期は何日としたものかな、狄《ディー》君？」

「一日としてください」判事は答えた。「今日だけで結構です」

滕《トン》が署名捺印して狄《ディー》判事に回し、やはり署名捺印させた。

それから滕《トン》知事が牢番長にあてて伝票を書き、やがて孔《クン》山《シャン》が御前に引き出された。巡査ふたりがかりで腕を支えてやらなければ歩くこともできず、足首に副木があててあった。骨と皮ばかりで、生きながら死んでいるようなありさまだ。茶館の露台席で初めて見かけたさいの喬泰《チャオタイ》の言葉がふと思い出された。脱皮したての虫みたいだ、と。

あらためて滕《トン》が姓名職業をただし、孔山《クンシャン》を殺人と窃盗のかどで告発するむねを述べた。孔山《クンシャン》はゆうべ狄《ディー》判事に教わった通りに自白した。一度だけあらぬ方向にそれかけたが、滕《トン》知事がうまく誘導尋問して本筋に戻した。

上級書記に供述内容を読み上げられた孔山《クンシャン》は、まちがいありませんと認めて爪印をすませた。滕《トン》知事が供述した犯行二件につき有罪とした上で、斬首を申し渡す。

孔山《クンシャン》はいったん牢獄へ戻された。死刑宣告はすべて都の大理寺の決裁を仰ぐきまりなので、いずれはおりる最終宣告を待つ間、牢獄で過ごすのだ。傍聴席からてんでにざわめきがあがり、くちぐちに罪人をあしざまに罵ったり、滕《トン》知事への同情と賞賛をあらわしたりしている。

警堂木を打った滕《トン》に、狄《ディー》判事が耳打ちした。

「では、次に葛《コウ》夫人をお願いします」

滕《トン》が伝票に記入し、じきに女牢番が葛《コウ》夫人を御前にひったててきた。ひっつめにして簡素にまとめただけの髪に、翡翠の櫛だけがわずかな彩りだ。紅おしろいっけはなく、白いだぶだぶの喪服姿で、堅気の深窓婦人を絵に描いたようないでたちだ。

そのなりで、おしとやかに床の甃《いしだたみ》に膝をつかれた時ばかりは、さしもの狄《ディー》判事も自分の勘違いではあるまいかと内心危ぶんだほどだ。

おきまりの質問のあとで、この先は陪席判事に一任すると滕《トン》の口から宣言され、狄《ディー》判事が尋問にかかった。

「葛《コウ》夫人、昨夜はそなた自身立ち会ったうえで、主人の死体が故人の寝室床下で発見された。そこに死体が埋まっているのを承知だった、あのときの言動がなによりの証拠だと、潘游徳《パンユーデ》副官ならびに私は証言する用意がある。当法廷が本件をはっきりさせる前に、十五日の晩に亭の夕食会で中座して母家に入った夫の身に起きた状況を申し述べるように」

顔を上げた葛《コウ》夫人が、かぼそいがはっきり聞こえる声で述べた。

「てまえは罪を認めます。恐ろしい事実をすぐさまお上に申し上げずにいた件では有罪でございます。ただ、なにぶん女ゆえに世間に疎いところがあり、ふだんはもっぱら家庭を守っております点をお含みおきいただいて、なにとぞお慈悲を願い上げるのみでございます」

そこでしばし間を置くと、同情のささやきが傍聴席に広がった。滕《トン》知事が警堂木を打って静粛を命じ、被告に話を続けさせる。

「熱病じみた悪夢のなかで、あの痛恨の記憶をいったい何度なぞりましたやら！　あのとき、主人の夜着を召使が忘れず出してくれたか確かめようと自室を出て主寝室に参りました。そして中央の卓のところに立っておりましたら、ふっと、ひとの気配を感じました。振り向くと、いきなり寝台の帳が開いて男が飛び出してきました。助けを呼ぼうとしましたが、そいつが長いあいくちをぎらつかせるので、もう恐ろしくて恐ろしくて凍りついたまま、声も出ませんでした。その男が近寄り――」

「その男の人相風体を述べるように！」判事が口をはさむ。

「薄い青布をすっぽり頭にかぶっておりました。ひょろりとした感じで、服は――あんまりよくは、なにしろ動転しておりまして――ああ、そうそう。人夫のような、青い上下でまちがいありません……」

判事がうなずいて、先をうながす。

「すぐそばに寄ってきて立つと、声をひそめてこう凄みます。『ちょっとでも声をあげてみろ……』と、胸もとにあいくちをつきつけてきました。『じきに亭主がやってくる』あいかわらず、くぐもった声ながら凄みがありました。『来たら話しかけ、逆らわずに機嫌をとれ』ちょうどそこへ、露台への通路づたいに近づく足音がしました。すると、やつはすばやく飛びのいて戸口脇に貼りつきました。主人が入ってきて、口を開いて話しかけようとし……そこをいきなりあの男に背後から殴られ、倒れてしまいました…

……」

両手に顔をうずめてむせび泣く。狄《ディー》判事の合図で、巡査長が濃いめの茶を大碗に入れて与えた。それをむさぼり飲んでまた話しだす。

「きっと気絶していたんでしょう。気がついてみれば主人の姿はなく、長衣と頭巾だけが椅子の上に残っていました。それを男が着込みました。あの恐ろしい覆面の顔が、日ごろ慣れ親しんだ主人の長衣の上にのっているなんて……そして、血が、覆面の布に血がにじんでいて……男がこうささやきました。『亭主は死んだ、自殺したんだ、わかったな？　静かにしなかったら、喉首かっ切るぞ！』戸口へと突き飛ばされ、誰もいない廊下をあたふた逃げて、自室に帰りつきました。そしてようやく寝台に倒れ込んだと思ったら、おもての庭で人がてんでに叫ぶ声がします。主人が河へ身投げして溺れたと、召使たちが叫んでおりました。こうしてありのままに申し上げたくてたまりませんでした、閣下、本当でございます！　ところがこの政庁に参ろうと決めたとたんに、またも血まみれの恐ろしいあの顔が目に浮かび……できませんでした。てまえは罪を犯しました、閣下、ですが、とうてい……」

またもや声をひいてむせび泣く。

「立って御前をさがってよろしい！」狄《ディー》判事のひと声で、女牢番に助けられて葛《コウ》夫人が立つ。そして、書記たちの机に背を向けて判事席の左手に立ち、うつろな眼を虚空にすえていた。滕《トン》知事に身を寄せた狄《ディー》判事が小声で言う。

「では、次に夏良《シアリアン》をお願いします」

巡査二名の手で御前にひったてられた姿を見れば、短上衣の衿をはだけ、青ずぼんはわざとだぶだぶにしている。初めて鳳棲酒楼で見かけた時と似たりよったりの崩れた不良ぶりだ。

判事を目にしたとたんにその顔がこわばり、次に葛《コウ》夫人を見たが、冷ややかな視線が返ってきただけだった。それで、無言で膝をついた。

「姓名職業を申せ！」判事が命じる。

「てまえの」しっかりした声で申し述べる。「姓は夏《シア》、名は良《リアン》。郷学を卒業いたしました書生でございます」

「そんなざまで、僭越にも書生でございと名乗る気か？」狄《ディー》判事がこっぴどく叱り飛ばす。「文人身分を汚し、卑劣な罪状で訴えられているというのにか？　たったいま、あの女が洗いざらい白状したぞ！」

「恐れながら、閣下がおっしゃるのがなんの罪やら、てまえには心当たりがまるでございません」白面書生が涼しい顔でうそぶく。「また、その女にはまったく見覚えがありません」

狄《ディー》判事は内心で歯嚙みした。判事席についた自分を見せておいて、不意打ちで葛《コウ》夫人と対面させればあっさり口を割るものと思っていたのに、この若造をいささか見くびっていたようだ。さればと、こう命じた。

「立て、夏良《シアリアン》、あちらの女に向け！」それから葛《コウ》夫人をただす。「この男は、主人を殺した下手人と同一人物か？」

葛《コウ》夫人はしっかりと白面書生を見すえ、一瞬だけ両者の視線がかち合った。そこで、おもむろにだが、このうえなくはっきり言いきった。

「どうして見分けがつくでしょうか？　さきほど申し上げましたように、賊の男は覆面をしておりましたのに！」

「当法廷では故人の体面を重んじて」狄《ディー》判事が述べる。「妻たるそなたが自身の潔白を証したてる機会を与えるべく、ことごとに心を砕いておる。被告となったからには身の疑いを晴らすのが当然のつとめだが、肝腎のそなたに胡《う》乱《ろん》なふしさえ見受けられるために、重々の吟味を要する。さきほどの釈明などはどうみてもでっちあげだ、したがって、以後は配慮抜きで規定の手順を踏んで吟味を行なう所存だ。葛《コウ》夫人、未詳の共犯者と結託して夫を殺害した罪でそなたを告発する。巡査長、夏良《シアリアン》証人は釈放してよし！」

「お待ちを！　しばし考えるいとまを願い上げます！」葛《コウ》夫人がたまらず声を上げた。唇を嚙み、白面書生にあらためて見入る。そして、いささか迷った末にこう続けた。

「はい、体格はそっくりです……でも、もちろん顔は見分けがつきませんけど……」

「それじゃだめだ、奥さん!」判事がすかさず言う。「もっとはっきりした証言でなくては、身の証にはならん!」

「はい」とたんに尻すぼみの口調になり、「なにぶん布越しで、血だらけでしたので……」そこでふと目を上げて、こう言いたてる。「もしも下手人でしたら、頭に傷があるはずです!」

狄《ディー》判事の合図で巡査長が若造の肩をとらえ、手荒にぐいとのけぞらせた。すると、垂れ髪の下から、ろくすっぽ手当てもしていない傷痕が額の生えぎわにはっきりあらわれた。

「その人です」葛《コウ》夫人が絶え入るような声を出し、顔を両手で覆う。

白面書生が巡査長を振り放そうとした。満面に朱を注いで怒りののしる。

「この二枚舌の売女め、よくも裏切ったな!」

「どうかしてますわ、あの男!」葛《コウ》夫人が声高に訴える。

「あの根性悪の乞食が、でたらめ放題にあしざまな口をきくのを見過ごしになさらないでくださいまし、閣下!」

「乞食だと?」白面書生がいちだんと声を張り上げる。

「乞食はおまえだろうが。寝てくれ、愛してくれと物乞いみたいにしつこくねだりやがって! それにしても、われながらばかだったよ、てめえの下心を見抜けなかったなんて! 亭主を殺す道具にしたかっただけだろ? そうすりゃ、あとは有り金持ってひとりでどろんさ! してみると、あの二百金をねこばばしやがったのも当然おまえだな!」

抗弁をこころみる葛《コウ》夫人を、すごい剣幕でさえぎる。

「ああ、てめえに決まってるよ! なのにおれときたら、無理してわざわざ寝てやったりして。若い女ならよりどりみどりだってたのに、こんな年の離れたばばあなんか相手にしてさ! へどが出そうだったよ。けど、ほんとにとんだばかを見ちまった——」

「そんなこと言わないで、良《リアン》!」葛《コウ》夫人がたまりかねて声を出し、後ろ手に机の端につかまって身を支えながら、無駄と知りつつかきくどいた。「良《リアン》、そんなふうに言っちゃだめよ！　あたしの方はしんから惚れてたのに……」ふと絶句し、消え入りそうな声で続けた。「いいえ、でも、内心ではわかっていたのかもね……初めからずっと、百も承知だったんだわ。でも、そう思いたくなかった。もしか、もしかしたらあんたが本気で……」そこでいきなり捨て鉢に高笑いして、泣き叫んだ。「今の今まで、あたしのためなら命さえ捨ててくれるんじゃないかと思ってたのに！」しだいに笑いが薄れ、涙にとってかわる。ややあって顔をぬぐった。そして、まっこうから判事を見すえて言い切った。「その者とは、わりない仲でした。そして、てまえも加担して夫を手にかけました！」茫然自失の白面書生に向くと、そっと声をかけた。「さ、こうなったらずっと一緒よ、良《リアン》……ずっと一緒に……行きつくところまでね」

　あとは机にもたれて目をつぶり、肩で息をしている。

「夏良《シアリアン》、ありていに自白せよ！」狄《ディー》判事が命じた。

　白面書生はまだいくらか茫然とした顔でのろのろかぶりを振り、ぽつりともらした。「その女のせいだよ……おかげで身の破滅だ、いかれたばか女め！」

　巡査長に手荒にひきすえられ、かすれ声で続けた。

「ああ、商人の葛《コウ》を殺したのはおれだ。だがな、ことわっとくがあの女のさしがねなんだ！　あのうちへは盗みに入っただけだった。宿の連中、おれには小僧の使いがせいぜいだと、しじゅうこけにしやがる。葛《コウ》邸の塀外にころあいの立木を見つけ、これならやすやすと押し込めるぞと思ったんだ。おれさまの腕のほどを連中に見せつけてやる！　本物の黄金を見せびらかしてやるんだ！　それで二カ月ほど前、葛《コウ》が数日留守にすると召使に聞いた。塀を乗り越えるなんて、ちょろいもんだよ。部屋に入って暗がりで手探りしてたら、いきなり女にぶつかっちまった。もう驚いたのなんのって！　初仕事がこんなについてないなんてさ！　主人が留守ならその部屋は無人だってあらかじめ聞いてきたのに、その女がわめいたら、おれはどうなっちまうんだ？　それでそいつをつかまえ、手で口をふさいだ。そこへたまたま月がさし、互いの顔が見えた。どぎまぎしながら『金はどこだ？』と訊いたら、手の中で女の唇がもぞもぞ動くんだ。それで放してやったら、女めはこわがるどころか、笑ってやがる！　で、その晩はそこに泊まった――夜明けごろにやっと放してもらい、女から小遣いをもらった」

そこでひと息入れて、顔をこするひまに狄《ディー》判事が述べた。

「葛《コウ》夫人、あいかわらず黙秘していると、この男の話を認めたとみなすぞ。何か言い分はないか？」

夫人は白面書生から目を離さず、わびしげにかぶりを振った。

「先を続けよ！」狄《ディー》判事が声をかける。

「ああ、それからは決まった日に通うようになったさ。旦那はたいそうな金持ちだというのにひどいしみったれで、満足に金をくれないんだとかなんとか、ぐちぐちぐちぐち文句を聞かされてよ。鍵は旦那が全部おさえてるから、これよりたくさんはあげられないの。それっぱかしならいらねえよって言ってやったら、あいつがこう言うんだ。旦那はいつも金庫に二百金しまってるそうよ。だから、もしも旦那が死んじまえば、あれをとって二人で遠くへ逃げられるわ。まあね、黄金二百は悪い話じゃねえけどさ、人殺しとなりゃただごとじゃない。どうせやるならよっぽど手際よくしねえとやばいぜ、あせんなよって言ってやったんだ。ところがあの女、もうこんな生活耐えられないとか言っちゃって、しつこくせっつくんだ。だからおれ、妙案を思いついたんだ。あの女に砒霜の箱を渡し、胃痛を起こす程度に一服盛る方法を教えてやった。一日置きにほんのちょっぴり、朝のお茶に入れるんだよ。痛み止めの粉薬も一緒に渡しといた。そうなりゃ、ばかじじいはすっかりあいつにぞっこんさ、なんしろ至れり尽くせりの女だからな！　それもこれも、じじいの不徳のいたすところだよ！　尻軽のあばずれなんか嫁にするからだ！」

あまりの言いぐさに、葛《コウ》夫人がひっと声をのむ。それを黙殺して話を続けた。

「で、ついこないだ、あの女がこう言うんだ。十五日は旦那の命にかかわる厄目だと易者に言われた。そんなのはでたらめに決まってるけど、うまいこと乗じて、かねての計画を決行できるわって。自殺の動機にゃぴったりだろ。旦那をうまいこと乗せて、その晩に夕食会を開くことにした。そして亭に向かう直前に、かなりたっぷり砒霜を盛る。召使どもを夕食会の支度に総出で出したあと、二人がかりで寝台を動かし、おれが穴を掘った。上に元通り寝台を押し戻せば、盛り土やらはがした甃《いしだたみ》やらは隠れてしまう。その上でやつを待ちかまえた。おれの方はもう不安で、いてもたってもいられなかったよ！　ところが、あいつは違うんだ。魚みたいにこれっぽっちも顔に出さないんだ！　とうとう足音が聞こえてくると、おれは壁にくっついた。そこへじじいが入ってくると、あの女が猫なで声を出して、『あなたったら、またおなかが痛くなったのね。お薬をあげましょうね！』だと。じじいは鼻の下のばして、『ありがとうよ、おまえはいつも優しいねえ。それにひきかえ、あっちの友人連中ときたら、ひとの不幸を笑うだけなんだ』その肩越しにこっちを見た女がうなずく。やるなら今だ。躍りかかって、あいくちを背に突き立てた。ついてたよ、大して血が飛ばなくて。長衣をひっぱがすとき、あの女が袖に入ってた封筒を見つけ、封をしたままよこした。『あんたが持ってて——もしかしたらお金かも！』そう言われて、上衣のふところに隠した。それからじじいを衣裳箱に入れて膏薬で蓋をぴっちりふさぎ、さっきの穴におろして鋤で土をかけた上に甃《いしだたみ》を並べ、寝台を押して元の位置に直した。そしてじじいの長衣を着こもうとした矢先にあの女が抱きついてきて、やぶからぼうに『抱いて！』だと。まだやることがあるのになに考えてんだ、あの色きちがい！　じじいの帽子をかぶったところで、またしてもあいつが、『月が出たわ、あの人たちに顔がわかっちゃう！』と、はさみを出してきて、髪に隠れたこのへんにざっくり切りつける。豚みたくどばどば血が出たよ！　その血を顔に塗りたくり、庭へと駆けだして亭の連中に姿をとっくり拝ませてやったあとで、河へ折れてざぶんだ。うちは河べりだったから、子どもの頃から河には慣れてる。だが言わせてもらうけどな、水は冷たかったぜ！　しかも、長衣をよぶんに着こんでんだからなあ。ころあいに草むらの茂った堤が見えた時にはうれしかったぜ。そこから岸辺に這い上がってじじいの長衣を丸め、帽子は河に放りこんどいて草むらにひそみ、衣服をしぼって乾かしたってわけさ」

得意満面で肩越しにふりむき、傍聴席の反応をたしかめる。この若造は人の道を踏み外し、自らの語り口に酔いしれて恐怖さえ忘れ、ひたすら自己満足にひたっているのが狄《ディー》判事には手に取るようにわかった。剣呑で凶悪なやつだと思われたいという、くだらない夢がようやくかなったというわけだ。

これで知りたいことはひととおり判明したのだから、もう白面書生を黙らせて供述書に爪印をとってもよかった。だが、しまいまで気のすむように思いのたけを話させてやることにした。この若造は丸腰のかよわい老人を卑劣にも手にかけたとはいえ、おおかたは性悪女にそそのかされてやったことだ。しかも、さらに悪質で、実際に人を殺すより重い罪がまだ控えている。公判後にしなくてはならないもろもろを思うだけで、胸が悪くなる。

白面書生はお茶で口をゆすいで床に吐き捨て、さらに続けた。

「宿に戻ってから、あの封筒を開けてみた。金なんかじゃない、どこまでついてねえんだ！　ただの帳簿じゃねえか。あの女に見せてみるか。あいつならわかるかもしれん、ひょっとしてじじいが他にもどこかに金を隠してるかも。それで、あくる日さっそく会いに出かけた。あの金庫も開けてみたが、二百金は影も形もない！　あのときに、女の魂胆に気づくべきだったよ！　だけど、われながらばかだよな。あいつも手伝って探しはするんだが、当然ながら空振りさ！　帳簿を見せてもちんぷんかん。まったくいい面の皮だぜ！　絶対見つかるわ、家中くまなく探してみるわね。

どうしてもだめならあたしの宝石類を売りましょ。必要な金がそろいしだい一緒に逃げましょうねなんてほざきやがってさ。まあいいや、とにかくこのまちはうんざりだ。途中であの女を売り飛ばしゃ、黄金一錠ぐらいにはなるさ。もう中古は中古だが、男を悦ばす手管だけは心得てるからな！　帳簿の方はいったん宿にひきあげたあとで捨てちまおうとして、待てよと思い直した。さきでどう転ぶかわからんぞ、いつか日を改めて見直したほうがいい。そこで宿の若い女にこっそり預けといた、そいつもやっぱりおれに惚れてんだよ。おれの部屋に置いといたんじゃあ、しじゅう男どもがちょっかい出すからうかうかできねえんだ。ま、ざっとこんなもんさ」

狄《ディー》判事が書記に合図し、立って白面書生の供述書を読み上げさせた。内容に相違ないと認めさせたうえで、一枚ごとに爪印をとる。

そちらがすむと、巡査長に供述書を持たせて葛《コウ》夫人の方に回らせた。

判事に何やら言われた滕《トン》知事が、こほんと咳払いして述べる。

「当法廷は、葛《コウ》夫人謝《ジェ》氏ならびに夏良《シアリアン》の両名による絹商葛《コウ》基元《チーユアン》の謀殺事件を有罪と認め、死刑を上申する。処刑方法については、各人の罪状に照らして、いずれ上よりお沙汰がくだされる」

そう言うと警堂木を打ち、葛《コウ》夫人と白面書生を牢に戻した。

17

金持ちの化けの皮をはぎ
けなげな女の門出を飾る

傍聴席が騒然とし、滕《トン》知事はやむなく警堂木を何度も打った。狄《ディー》判事の肘先にそっとお茶を出す者がいる。ふりむけば、椅子の背に喬泰《チャオタイ》が控えていた。だいぶ前からいたとみえて、げっそり青ざめている。どうも喬泰《チャオタイ》は女運がなくていかんなと胸の内でつぶやいて、出されたお茶で軽くのどをうるおすと、滕《トン》知事に話しかけた。

「今度は両替屋の冷呈《ロンチエン》をお願いできますか?」

両替屋を連れに巡査長をさしむけ、そのひまに狄《ディー》判事は袖からあの帳簿を出して滕《トン》に渡した。「夏良《シアリアン》がさっき話していた帳簿というのはこれです。冷《ロン》の直筆で、横領のからくりをすべて記録してあります」

冷呈《ロンチエン》の姓名職業供述がすむと、狄《ディー》判事が口を開いた。

「そなたはともに出資していた故葛基元《コウチーユアン》から、しめて一千金もの額を組織だって横領した詐欺のかどで告発されている。一切は、ここにある帳簿にそなた自ら記録してある。当法廷では関連記録類をつぶさに吟味した上で、不正行為の及ぶ範囲を追って確定する。とは申せ、この場でありていに自供する機会を与えよう」

「白状いたします。てまえは出資仲間の葛基元《コウチーユアン》さん相手に横領をはたらいておりました」冷呈《ロンチエン》が疲れた声で述べる。「もはや前途を断たれた身の上ではありますが、商売仲間を死に追いやったのでないとわかってせめてもの救いでございました! これでようやく心の重荷がとれて、ひと安心できます!」

「債権者らとて同感だよ!」判事がいなす。「この間のときは債権者側の利益など、さして気にもとめていなかったようだが！　被告の債権者はしかるべき時期を見はからって、当法廷あてに各人が願い出て支払いを受けるように」

そこで滕《トン》に尋ねた。「関連記録類すべてを精査のうえで再審理の運びとなるまでの間、おたくの牢に被告を収監するという措置に同意なさいますか？」

「同意します」滕《トン》がそう応じる。「冷呈《ロンチエン》、当法廷はそなたを詐欺罪と認める。捜査が終りしだい、罪状に応じた禁固期間を申し渡す。牢に戻せ！」

　そこで警堂木を三度打って閉廷した。

喬泰《チャオタイ》と潘游徳《パンユーデ》を従えた両判事が獬豸《かいち》の緞帳をくぐり、執務室へ出てきた。

　滕《トン》知事が苦笑する。

「うちの案件を残らず肩代わりさせてしまったな、狄《ディー》君！　さて、私の方はこれから書斎へ行って着替えてくる。きみもひと休みなさったあとで、茶でも一服しにきてくれたまえ。州庁行きも無用になったことだし、時間にはことかかんよ！　今週中に、ぜひともご一緒にあちこち足をのばしてみよう。山地の方にはいろいろと見どころがある、ご案内してお目にかけたいよ」

　そう言うと頭をさげて出て行く。これから書記どもと公文書室で、いまの公判の次第を公文書にしたてて州長官さまに提出しなくてはならない潘游徳《パンユーデ》も席を立った。肘掛椅子におさまった狄《ディー》判事の目の前で、喬泰《チャオタイ》がきれいな色つき包装紙の大きな荷物を机上にのせた。

「申しつかった絹地を買ってきました、閣下！　ご注文通りの極上品です。滕《トン》夫人の姉の別荘を見に行ってきました。すごく立派なうちです、あの調子じゃ相当金かかってますね。ぜんぶ姉ひとりの所有で、血を分けた姉妹は滕《トン》夫人しかいません。召使によると、冷徳《ロンデ》は定期的に顔を出してはしばらく泊っていったそうです。あそこの庭を題材にして何枚か描いてますし、その作品はいまだにあのうちの応接間にかかってます。だから、冷徳《ロンデ》に死なれて、家中の上から下までそろって悲しみにくれたそうです」

　狄《ディー》判事はうなずき、口ひげを引いてなにやら考えこんでいた。しばらくして喬泰《チャオタイ》が尋ねる。

「葛《コウ》じいさんを殺したやつが白面書生だとおわかりになったのは、どうしてですか？」

そう訊かれて、判事がはっとわれに返る。

「白面書生だって？　ああ、あいつだという事実が四つもあったからだよ。その一、おまえの色事のてんまつから、葛《コウ》夫人が貞節とはいえないと判明し、ならば当然ながら、情夫が葛《コウ》の死に一枚噛んでいる可能性もあるなとすぐ思いついた。事実、白面書生はその晩に葛《コウ》夫人に逢う手はずだった。だが、私の案内で沼地へ同行したせいで約束が守れなかったんだ。その二、沼地への道すがら、白面書生は独力でひと山当てるんだと大言壮語した。そのうち二百金が転がりこむんだと、あとでおまえにも話していたな。そして冷呈《ロンチエン》も孔山《クンシャン》も、葛《コウ》の金庫に二百金あると述べていた。その三、鳳棲酒楼に行った晩、禿が白面書生の顔をなぐりつけただろう。あのときひどく血を出したが、禿によれば、書生の額にはその前にこしらえた刃物の傷があったそうだ。だがな、目から鱗が落ち、すべての事実がつながるきっかけになったのは、最後の事実その四のおかげだ。水をかぶった冷呈《ロンチエン》の帳簿が、石竹の寝台裏にあったと孔山《クンシャン》が述べたときだよ。あの娘が白面書生を好きなのはそれまでも気づいていたが、部屋で帳簿を見つけたと孔山《クンシャン》にすっぱぬかれ、すがるような目をしたせいで、事情がのみこめた。白面書生は自分のために大事にしまっといてくれと頼んだに違いないし、あの娘としてはその話を伍長に知られたくなかったんだ。伍長があの娘を貸すのは、禿や気に入りのごく一部に限られていたからな——外で客引きするぶんにはむろん話は別だが。いやはや、それで思い出した！　あいつはまだ牢だったな！　巡査長に言って、ここへ連れてこさせてくれ！」

伍長が引き出されて狄《ディー》判事の前にひざまずくと、巡査長がさがるのを待って、判事の声がかかった。

「まあ立ちなさい、気がねなくおしゃべりしようじゃないか！」

立った伍長が、げじげじ眉の奥から判事と喬泰《チャオタイ》に幻滅の目を向け、せまい額にしわを寄せて苦々しく述べた。

「じゃあ、洒落でも何でもなくものほんの捕り方で、そいつはてめえの走狗か！　ああもう畜生め、こんなんじゃ、うかうか誰も信用できねえじゃねえかよ？」

「芝居だったとしても」狄《ディー》判事は言った。「卑劣な下手人をつきとめるために、おまえの力を借りたかったまでだ。事実、力になってくれたし、あたたかいもてなしも受けた。手下たちを厳しく取り締まって掟を守らせている様子も見せてもらった。法に触れるにせよ物乞いや微罪にとどめて重罪に踏み込まんよう、よく気をつけているな。それに、軍警の方で、おまえの軍務記録を調べてもらってきた」

「そんなら予想より裏目に出てら！」伍長がこぼす。「笠の台がばっさりやられるってかい！　まあいいや、ついてたところで笠とあんまり変わらんような台だしな」

「いいから黙って聞け！」狄《ディー》判事がしびれを切らす。「よって、軍に復籍させることにした、そっちが本来の居場所だからな。手下どもは禿に引き継がせ、おまえのやり方を踏襲させろ。そら、屯所にあてて手紙を書いておいたぞ。おまえが知事の下で手柄を立てたので、知事の肝煎りで復籍の上、曹長への昇進を上申するという内容だ。さっそく今から、人事担当士官あてに届けてこい」

「毛《マオ》大尉のほうがいいですよ、こいつを知ってますから！」わきから喬泰《チャオタイ》が口添えする。

「では、毛《マオ》大尉あてだ。そして、甲冑と剣を支給してもらったら」狄《ディー》判事がにっこりした。「そいつを身につけた晴れ姿を石竹に見せてやれ。これからは自分ひとりの女にしておくんだな、劉《リウ》曹長。あんないい女だ、ひとに貸すにはもったいない。あの女にとっても、おまえはなくてはならん存在なのだから」さっき机上にのせておいた絹の包みを伍長にさしだす。「つまらないものだが、私からだと言ってあの女に渡してやれ。曹長の妻になったからには、それ相応のなりをさせてやりたい。それと、〝同門の義兄弟〟を名乗りそびれて残念だとも伝えてくれ！」

伍長は書状を帯にはさみ、たくましい腕で包みを小脇に抱えた。しばらくは茫然と判事の顔を見ていたが、みるみる喜色がみなぎって歓声を上げた。「曹長だって？　すげえや！」きびすを返して一目散に駆けていく。

「わざわざあいつを捕まえに行けと言われたわけは、それだったんですね！」喬泰《チャオタイ》が手放しの笑みを浮かべる。

「呼んだところで、あの男がはいそうですかと政庁に出てくるとでも思うか？」狄《ディー》判事が訊き返した。「かといって、私がじかに出向くひまはなかったし。さてと、われわれも早々に戻るとするか。巡査に言って、飛鶴館に置いてきた手荷物を取りに行かせてくれ。それと、いい馬を二頭選んでおくようにと政庁の馬丁に言っておけ」

そそくさと立って借り物の緞子長衣と帽子を脱ぎ、自前のくたびれたかぶりものに替えて執務室を出ると、広い正院子を渡って知事官邸に向かった。

18

重なる悲劇の虚飾を暴き
疲れる休暇をしめくくる

老執事が迎えに出てきて、書斎に通した。

普段着になった滕《トン》知事が判事をいざなってあの大ぶりな長椅子に並んでかけ、執事をさがらせる。最初の時とそっくりだなと判事は思った。手ずからお茶を給仕にかかった滕《トン》知事がその合間にふと見ると、客人は例の漆屏風をとりのけたあとのがらんとした壁際をじっと見ている。悲しく笑って述べた。

「あの屏風なら、物置にしまわせた。おわかりだろう、思い出が多すぎて……」

だしぬけに狄《ディー》判事が茶碗をおろし、語気鋭く言い放つ。

「後生だから、あの屛風のお涙頂戴はもう勘弁してくれ！　一度でたくさんだ！」

滕《トン》は狄《ディー》判事の仏頂面に啞然としていたが、やがて尋ねた。

「おっしゃりたいのはどういうことかな、狄《ディー》君？」

「額面通りですよ」にべもない。「お涙頂戴のよくできた話を、話術巧みに聞かせていただいた。先夜はじつに心揺すぶられましたよ。だが、むろん一から十まで創作だ。亡くなられた夫人の姉妹は一人だけで、三人ではない——これしきは瑣末な枝葉ですが」

滕《トン》知事の顔が鉛色に変じ、口は動いたものの一言もない。

狄《ディー》判事は開け放した窓辺に行き、後ろ手に組んで庭にそよぐ竹林を眺めた。そこで、あいかわらず滕《トン》に背を向けたままで口を開く。

「あの漆屛風は銀蓮夫人とのなれそめと同じく、とんでもない作り話だった。滕《トン》さん、あなたが愛した相手は一人しかいない、つまりは自分自身だ。むろん、詩人としての名声もそうですな。極端に自我の肥大した、自分さえよければいいという人だが、狂気の発作をきたしたことは一度もない。だが、その持って生まれた性格は別な方面から人としての成長を阻んだのではないか。あなたには子がないし、ほかに妻妾を持とうとしたこともないが、それをいいことに、〝無窮の比翼連理〟などという大嘘で名声を博した。不貞は憎むべき行為だが、夫人になりかわって言わせていただく。あなたと共に過ごした歳月は砂を嚙むように味気なかったはずだ」

しばし黙り、滕《トン》知事の荒い息づかいだけを背中で聞いていた。

「あるとき、妻が若い画家の冷徳《ロンデ》とただの仲ではないという疑念がきざした。姉上の荘園で出会ったのがなれそめに違いない。ともに人生に暗い影がさしているという事実が、二人を結びつけたのでしょうな——男の方はもう長くないと自覚していたし、奥方は奥方で冷血な人物を夫にしている。どうしても確かめたくなったあなたは、西門近くのあいびき宿までひそかに二人をつけ、逢瀬のさまをのぞき見た。顔は首巻で隠していたが、片足をひきずる歩き方をおかみに気づかれてしまった。潘游徳《パンユーデ》に聞きましたよ、ちょうどそのころ、足首をねんざしておられたと。一時期だけ足が悪いというのは変装に好都合ですな。他の特徴から目をそらしてくれるうえに、治ればあとかたもなくなってしまう。かくいう私も思いつきもしなかったが、昨夜、孔山《クンシャン》の折れた足首のことで、うちの副官喬泰《チャオタイ》が申した意見からふと潘《パン》に聞いた話を思い出し、だんだんと真相が見えてきたんですよ。

貞節は侵すべからざる社会秩序の根本原則だから、不貞の姦婦姦夫は律令で死罪と定められている。二人の現場をおさえたのだから、その場で殺してもよかったわけだ。さもなくば州長官に告発し、斬首刑に処して両名を刑場送りにしてもよかった。だが、どちらの道もあなたの面子が許さなかった。念には念を入れてこしらえあげた〝無窮の比翼連理〟の虚像を破られるのは惜しいし、妻に裏切られたなどと世間に知られたくもない。それで黙っているかわり、ひそかに妻を葬り去る計画を立てることにした。そうすれば不貞にしっぺ返しができるだけでなく、〝無窮の比翼連理〟像を破壊するどころか、いっそう盤石にできるというものだ！　むろんのこと殺人で告発されるようなへまはやらない。祖父の病とあの漆屛風から一案を思いついた。まったくもって巧妙きわまる案でしたな、滕《トン》さん。この書斎に一人でこもって、幾晩も知恵を絞ったんでしょう！　おそらく同じころ、奥さんは姉上の荘園で情人と逢っていたでしょうが、そんなのはどうでもよかった。奥さんのことなど、まったく愛していなかったのだから。それどころか、憎んでいたのではないですか、滕《トン》さん。奥さんは実に偉大な閨秀詩人で、あなたの詩でもとりわけ名作はどれもこれも奥さんの剽窃なのだから。その才能に嫉妬のあまり、詩集の出版を妨げた。ですが、彼女の手書き写本を見せてもらいましたよ。あれほどの境地にあなたが到達する日は絶対に来ないでしょうな、滕《トン》さん。

実にご立派な話をひねりだしたものだ。国中いたるところの詩作結社で、文人が寄るとさわると嗟嘆と哀惜こもごもに語り継がれ、名声を博す素地が十全に整っている。旧家に連綿と伝わる血の呪いに、憑きものとなった古屏風、夢物語と盛りだくさんだ。私だって当初は一言一句を真に受けて深く心を揺すぶられたんだ。かりに、ことがすべて計画通りに運んでいれば、あなたは念入りに狂気の発作を装って奥さんを手にかけたでしょう。その後に州長官にあてて自分を告発し、いうまでもなく無罪をかちとる。そして退職して恩給を受けながら、余生を捧げて詩人としての名声をいっそう高めるという寸法だ。女には興味がないから再婚もせず、死ぬまでひたすら奥さんの死を悼むという寸法だ。

おおかた冷徳《ロンデ》に対しても、似たり寄ったりの巧妙な手で復讐をもくろんでいたんでしょう。だが、いざ実行に移す前に相手に死なれ、絶望と悲嘆にくれる奥さんを眺めて内心喜んでいた。この二週間というもの、あなたはいつになく上機嫌だったと聞きましたよ。奥さんは健康がすぐれなかったというのに。

その奥さんは孔山《クンシャン》に殺され、わが身に何がふりかかったかもわからぬうちに、安らかに世を去った。あなたの方は化粧室に入ってきたのが、あの悪辣な吹矢筒の中味をぶちまけた直後だったので、しびれ薬が強烈にきいてしまい、正気づいたあとはてっきり自分が殺したんだと思いこんだ。そちらはさほど悲しくはない。ひたすら度を失っていたのは、計画に頭を使い過ぎて本当におかしくなってしまった、かけがえのない大詩人の頭なのに、という一事に尽きたわけですな！　そんなふうに自分のことで頭がいっぱいだったものだから、私がいきなり面会にあらわれた時には、漆屏風の計画を実行にうつす心の準備がまだだった。それで戸惑いながら執事に向かって、奥さんが姉上のもとへ出かけられたと間の抜けた嘘をついて、なるべく早く私を追い払おうとした。だが公判をすませてすっかり落ち着きを取り戻すと、私の威炳《ウェイピン》滞在はむしろもっけの幸いと悟った。

だって、漆屏風にまつわる話を保証してくれる証人ができたうえに、州長官のもとまで同行してくれそうな同役なんだ。その証言があれば、悲劇にいっそう華を添えるだろう。そこで巡査長をよこして私を呼び出し、感動の告白を聞かせようとした。

ところが、私がいっこうにつかまらなかった。おかげであのときのあなたは、あてが思い切り外れたせいで無性に不安にかられた。そして、またしてもおのが正気のほどを疑い、計画に齟齬はないだろうかと心配になった。部屋に鍵がかかっているので、召使どもも不審がりだす。そこに死体があるというだけでいたたまれなくなり、よく考えもしないで、奥さんの死体を沼地に運ぶというばかなへまをしでかした。

夜おそくになって、ようやく私が来た。あなたは心おきなく作り話を吹きこみ、うまくいくという自信を回復した。ところが大いに失望したことに、奥さんを殺したのはあなたではないだろうと思われる不審点について私が取り沙汰しだした。あなたにとっては、このうえなく面白くない事態だったでしょうな！　それでも死体を動かすというへまをしでかした件をそこで思い出し、私なら大へまを言い抜ける奇策をひねり出してくれるだろうと考えた。それで私の意見をいれて州長官行きをいったんは棚上げし、真犯人をつきとめるために自由裁量の行動を許可した――下手人などいるはずがないと確信していたゆえだ。

いざ、ふたを開けてみれば、万事できすぎなぐらい都合よく運んでしまった。なるほど、妻を殺してやったという満足感は確かに味わえなかったが、一方で首尾よく悲劇の主人公になりおおせた。なにしろ、愛妻が非業の死をとげてしまったのだからな！　これで詩人としての将来は盤石でしょうな。漆屏風の物語こそお払い箱になったが、無二の伴侶を失って癒えることなき傷心という路線でもけっこう俗受けするだろうよ。詩作のお手並みこそ今と大して変わりばえすまいが、世間の目にかかれば、幸福をみじんに打ち砕かれた無惨極まる痛打のせいにしてもらえるよ。世上こぞって同情を寄せ、作品は以前にもまして絶賛されるだろう。そのうち、当代きっての大詩人とうたわれるようになっても別に驚かないよ、滕《トン》さん！」

狄《ディー》判事はそこまで話し終え、やや疲れた声でこう述べた。

「今の話だけは言わずにおれなかった、滕《トン》さん。言うまでもなく、今回知りえたあなたの事情はこの胸ひとつに奥深くとどめて、この先も断じてもらしはしない。ただし、この先二度とあなたの詩を読むとは思わないでくれ！」

長い沈黙のなかで、緑したたる庭の竹林だけが清涼な音色をかなでていた。

と、ようやく滕《トン》知事が口を開いた。

「ひどい誤解だよ、狄《ディー》君。妻を愛していなかったというのはまちがいだ。こよなく愛していた。ただ、子が授からなかった点だけが玉にきずだった。それなのに、妻の不貞のせいで容赦なく心を踏みにじられ、本当に狂気の瀬戸際まで行ったんだ。あの漆屏風のとんでもない作り話は、絶望ののどん底にいたころに練り上げた所産だ。きみ自身がさっき言われたように、妻を殺す権利は充分にあった。が、そうはしなかったのだし、孔山《クンシャン》の自供をもってこの件は結審したのだから、いましがたのきみのようにわざわざ面と向かってそんな話をするなぞ不必要もいいところだし、まったくもって大きなお世話だ。たとえ漆屏風の話が実話でないと気づいていたにせよ、こんなふうに失意のうちにある人間をおもんぱかるならまだしも、今しがたのように冷酷に嘲笑いながら私の乏しい才能や弱点をあばきたてるのはいかがなものか。狄《ディー》君、きみにはがっかりした。寛大で公正な人だと聞いていたのに、自らの才智をひけらかしたい一心で私をこきおろすなど、寛大とは言えないよ。また、確たる証拠をまったく欠いた憶測だけで私が妻を憎んでいたと言い立てたり、みだりにひとの私生活をかぎ回っておいてを正当化したりするようなまねは、公正とは言えないね」

その滕《トン》に狄《ディー》判事が向き直り、正面切って刺すような目でにらみつけると冷たく言い放った。

「確たる証拠もなしに告発したりするものか。西門近くのあいびき宿へ出かけた件だが、初回なら充分に言い訳が立つ、不貞を確認しないわけにはいかんのだからな。そのさいに現場へ踏み込んでその場でふたりを殺したか、飛び出して自殺なり何なり捨て鉢な行為に出ていれば奥さんを愛していたゆえだと信じもし、親身にいいほうへ解釈するぐらいはしただろう。だが、あなたときたらその時はなにくわぬ顔で帰り、二度めにまたしてものぞきに出かけた。それこそ腐れきった心根の証左であり、それだけで確たる証拠とするに足る。これで失礼する！」

　きっぱりと頭を下げて出ていく。

　喬泰《チャオタイ》が政庁院子で馬二頭の手綱をひいて待っていた。

「本当にもう平来《ポンライ》へ帰っちゃうんですか、閣下？　まだ二日しかたってないんですよ！」

「もういい、たくさんだ」一言のもとに片づけ、狄《ディー》判事はひらりと鞍にまたがった。二騎連れだって通りへ出てゆく。

　南門から城外へ出た。砂ぼこりをあげて街道をたどるうち、袖の中ががさごそいいだす。膝の締めかげんで馬を操りつつ、袖の中を手探りしてみた。名刺入れだ。なかには、「沈墨《シェンモウ》、周旋屋」の赤い名刺がたった一枚残っていた。こなごなに破り、てのひらに赤い紙くずの山を集めてしばし眺めたのち、ひと思いに放る。

　赤い紙吹雪は通り過ぎた馬のあとをひとしきり舞ったのち、砂ぼこりとともにたゆたい、やがて地に落ちた。

著者あとがき

狄《ディー》判事は西暦六三〇年から七〇〇年まで生きた実在の人物である。司直としての名声に加えて政治家としても傑出しており、宮仕えの後半に宰相の地位にあった時期には、唐帝国の内政外交にわたって多大な影響を及ぼした。

しかしながら、本篇で語られたできごとは全くの創作である。もっとも、中国の古資料に少なからぬ想を得てはいる。謎の自殺事件については、中国の選集『古今奇案彙編』(古今の珍しい事例集)上海一九二〇年刊の第三部四話より借用した。狄《ディー》判事が孔山《クンシャン》に自白をうながした方便については、すでに三世紀の中国にあらわれている。施明《シーミン》なる賊が厳しい拷問にもいっかな口を割らなかったため、取り調べにあたった判事が「囚人の鎖を外させ、飲食後に入浴させて気分をほぐした。すると施明《シーミン》は自白して、一味の名を残らず吐いた」(ロバート・ファン・ヒューリック著『棠陰比事、十三世紀の裁判捜査手引書』シニカ・ライデンシア叢書第十巻　ライデン一九五六年刊、百八十一ページを参照のこと)。

狄《ディー》判事時代の中国人は辮髪ではなかった。辮髪は中国を征服した満州族が西暦一六四四年以降に、被征服民に強制した風習だからだ。一六四四年までの中国人は長髪をお団子のまげに結い、屋内外を問わず帽子をかぶっていた。煙草や阿片が中国に入ってきたのは、何百年も後の話だ。

一九六一年十二月三〇日

ロバート・ファン・ヒューリック

訳者あとがき

本書『螺鈿の四季』（原題*The Lacquer Screen*）が上梓され、読者諸賢のお手許に届くころには二〇一〇年一月になっているはずだ。

思い返せば、この叢書でのシリーズ第一作『真珠の首飾り』が出版されたのは二〇〇一年二月だった。ちょうど九年かかって長篇作品をすべて訳し終えたことになる。ただし、第一作めは訳出作業開始から出版までおよそ十三年かかっているので、それも含めてつごう二十二年、つまりは赤ん坊が新卒の社会人になるまで狄判事物語《サーガ》をつむいできたというわけだ。

私事ながら、訳出を始めたころは本当に五里霧中で、仰ぎ見るような知の巨人を前になすすべもないというのが偽らざる実感だった。壁につきあたり、一生かかっても答えにたどりつけないのではないかと絶望したことも数え切れない。たとえていえば新弟子が大横綱の胸を借りるような心持で、来る日も来る日もひたすら調べ物に徹して何年かを過ごした。凡人が天才に敬意を払う道は、とにかく能う限り調べることしかないと思ったからだ。後年になってインターネットという便利なものができてからはずっと楽になったが、調べれば調べるほどファン・ヒューリックの世界は奥深く、いつまでたってもその涯《はて》を知らない。たぶん一生付き合っても飽きない、そんな作家に巡り合えたのは訳者冥利に尽きる希有な幸運だったと感謝している。

ほかの面でも幸運の一語に尽きる。第一作を上梓にこぎつける以前も、以後も、本当に多くの方から有形無形のあたたかい励ましを受けた。ご愛読くださるあまたの読者諸賢はもちろんのこと、ブログで取り上げてくださったり、版元や訳者本人宛にメールやお手紙や陣中見舞をくださった方々、山本節子氏はじめ著者ご遺族のご支援、終始多大なご支援ばかりか折に触れて的確なアドヴァイスをくださった福原義春氏および小松原威氏、さらには版元および一貫しての担当編集子・川村均氏にはあらためて感謝のほかない。

おかげさまにて本書をもって長篇は尽きたが、シリーズが終わったわけではない。まだ中篇集*The Monkey and The Tiger*、シリーズ源流ともいうべき*Dee Goong An*が残っている。また、シリーズ作品ではないが、現代もののミステリ*The Given Day*もある。読者諸賢には、どうかいましばらくのお付き合いを願いたい。

思いのほか枕でっかちになってしまったが、それでは恒例の落ち穂拾いに入ってみよう。

本篇には中国の温泉が出てくる。飛鶴館の意外にモダンなログハウスの大浴場などは、現代日本のいで湯でも立派に通りそうだ。温泉地に地震はつきもの、という判事のひとことも地震国には身につまされる。

唐代の温泉地で有名どころというと、玄宗・楊貴妃で名高い長安郊外の華清池だろう。原型は太宗のころらしいから、狄《ディー》判事の時代にはすでに存在した皇室離宮だ。ここの遺構は発掘整備のうえ公開されており、花をかたどった華麗な浴槽が往時を偲ばせる。内装はこれまた皇帝御用達にふさわしく、大理石板に飾り彫りなど施した豪奢なタイル張りだ。これを甃《いしだたみ》と呼ぶ。紫禁城正面入口もそうだが、宮殿や大邸宅はだいたい大理石の甃《いしだたみ》舗装が多い。

ひるがえって飛鶴館はどうかというと、いくら左うちわの一流旅館でも華清池の向こうをはるだけの資力はあるまい。同じタイル張りでもこちらは焼成レンガだ。用途や予算によって素焼きの場合と釉薬のかかった場合とあり、いずれも漢字で磚《せん》と表記する。磚の歴史は古く春秋戦国時代からあり、秦始皇帝の兵馬俑の床は磚を敷き詰めたものだそうだ。彫り飾りを施した華麗な品も見受けられ、床のほかにも塀や壁、道路舗装などに利用する。ほかに硯にも磚製品があり、量産品もピンからキリまである。伍長愛用の欠け硯はたぶん磚だろう。

詳しくは『中国のタイル』（INAX出版）をごらんいただきたい。手際良い説明つきで、カラー写真の実例も数多く掲載されている楽しい本だ。

さて、華清池に玄宗・楊貴妃とくれば、白楽天の長恨歌が思い出される。この長恨歌や、同じ作者の手になる琵琶行は、いずれも楽府《がふ》という形式をとった長詩である。楽府というのはもともと漢代にあった音楽を司る役所の名で、上古の歌謡を採集整理する役目を担っていた。その上古歌謡群の歌いぶりをまねた詩を楽府と呼び、唐代までの古楽府と、唐代以降の新楽府に大別される。

いずれも由来が歌謡だけにのびやかなリズムがあり、詩の形式も絶句や律詩のように厳密な定型に縛られない。これまた歌謡由来のせいだろうか、古楽府・新楽府ともに代表作は悲恋を歌ったものだ。前者で名高いのは兄嫁への苦しい愛を歌い上げた魏・曹植の「洛神賦」、後者の代表作は白楽天の長恨歌ということになっている。

唐代にはこの楽府がことのほか好まれ、楽府賛とよばれる画賛が大流行した。自由奔放な詠みぶりが時代の空気に合ったからだろう。それが後代になると詞と呼ばれるようになり、ぐっとデカダンに洗練された宋詞へと変化をとげていく。作風の差を和歌に例えれば、古今と新古今といったところか。

ちなみに、本篇では無用の混乱を避けるために一行、二行と表記したが、漢詩では行にあたることばを句という。一行、二行ではなく、一句、二句というふうに数えるのが本来である。その点をおことわりしておきたい。

次に、犯罪の各種小道具へと目を移そう。

まずは標題にもなった堆朱螺鈿の四季景図屏風から。堆朱というのは文中にもあったように漆に彫りをほどこした手法で、いまだに中国ではさかんに作られている。同じ技法でも使用する漆の色によって呼び名も違い、朱漆なら堆朱、黒漆なら堆黒、ほかに堆黄などもある。室町時代ごろには舶載品としてかなり多量に伝来し、茶道具の名品として世に知られた逸品も結構ある。堆黒螺鈿青貝の四方盆では仙台伊達家伝世品が名高い。

漆芸は東アジアが誇る工芸で、歴史も古い。長い伝統のうちにはすばらしい作品があまた生みだされ、現代でも多くの名工が活躍している。乱伐による原料入手難や、人件費などの要因で敷居は年々高くなっているものの、なろうことなら多くの人々にもっともっと身近に親しんでほしい文化の精華だ。

幸いにも、この分野では日本を代表する権威のおひとりである岡田文男教授にご教示いただく機会を得たので、簡単な手ほどきを書面にてお願いし、ご本人許諾の上で今回の特別附録に掲載した。入門篇では飽き足らないとおっしゃる向きは、『古代出土漆器の研究』（京都書院）をあわせてお読みいただきたい。公私ともにご多忙のさなかに快く応じてくださった岡田教授にも、かねてご紹介の労をおとりくださった宮崎清之氏にも、この場をお借りして心より御礼申し上げる。

もうひとつ、東アジアが誇る芸術と言えば書道だろう。とくに草書は、西洋人ながらファン・ヒューリックの十八番であった。本文五〇ページの挿絵中に見られる酒場の看板も、著者自筆になる作品だ。慣れないものに草書はなかなか読みにくいが、そんな人には強い味方がある。『角川書道字典』（角川学芸出版）がそれだ。編者の伏見冲敬博士は江戸川乱歩と親交のあった漢学の泰斗であり、本書はその集大成ともいうべき労作だ。全部で七千七百字の主要書体をすべて網羅し、これさえあれば日中古今の名筆がだいたい解読できる。

現代ではおいそれと望むべくもない、気の遠くなるような膨大な仕事だ。先人の業績に敬意を表するとともに、絶妙のタイミングで訳者に本書をくださった子息・伏見威蕃先生にも深謝する。

芸術とはいかないまでも、東アジアは貨幣経済の分野でも古くから高度なシステムを編み出していた。飛《ひ》銭《せん》もそのひとつで、手形というより紙幣に近いような気もするが、唐代ごろから使用記録があるという。狄判事のころに存在していたかどうかまでは断言できないが、「飛ぶ銭」というそのものずばりの名称が面白い。

システムはわりに単純で、金なり銀なりを両替屋に持ち込み、ひきかえに紙の手形を発行してもらう。それを指定の金匠なり銀匠に持ち込めば、また額面だけの金銀に換えてもらえるという仕組みだ。

この両替屋を櫃坊《きぼう》あるいは寄付舗といい、今でいう銀行のような仕事をしていた。さきにあげた金匠や銀匠、あるいは質屋などが兼ねる場合が多かったようだ。そういえば、同じポケミスの『教会の悪魔』（ポール・ドハティ著）に出てくる中世ヨーロッパでも金銀ギルドが銀行業を営んでいた。やはり、商売がら多量の金銀を扱うので、副業としてなにかと都合よかったのだろう。

櫃坊については、日野開三郎博士の著作に詳しい。図書館などで全集が閲覧可能なら、いちどは通して読んでみていただきたい。

最後に、第十五章末に出てきた仏典について。

これは雪山童子偈《せっせんどうじげ》といい、基本経典のひとつ大般涅槃経《だいはつねはんきょう》に出てくる有名なくだりである。釈迦が前世に雪山童子であったとき、その求道心を試そうとした帝釈天が羅刹（人食い鬼）の姿をとってあらわれ、この偈を伝授したという。化身とはいえ羅刹が吐くだけあって、修羅と羅刹のただなかをくぐってきた判事の心にひとしお響いたのも無理からぬ話だ。

一読すればおわかりのように、仏教の無常観をわずかな文章で余すところなくとらえており、のちの日本でも、この偈を下敷きにあまたの文学作品が生まれた。代表的なものが「いろは歌」と、平家物語の「祇園精舎の鐘の声」に始まる冒頭のくだりである。

「いろは歌」は長らく弘法大師作とされてきたが、いまはおおむね鎌倉時代ごろの作とされている。とは申せ、ひらがなを最大限に活用した日本翻訳史上の傑作には違いない。

いわば日本の宝ともいうべき名作なのに、残念ながら「あいうえお」で育った戦後世代には目に触れる機会すら少なく、さびしい限りだ。このさいなので、以下に全文を掲げて駄文のしめくくりとする。各句に対応する雪山童子偈とあわせてごらんいただきたい。

諸行無常　色は匂《にほ》へど散りぬるを
是生滅法　我が世誰ぞ常ならむ
生滅滅已　有為《うゐ》の奥山今日《けふ》越えて
寂滅為楽　浅き夢見じ酔《ゑ》ひもせず　ん

二〇〇九年　蠟八

〈特別附録〉

中国の漆芸

京都造形芸術大学　歴史遺産学科教授
岡田文男

岡田文男
1954年、長野県生まれ。1977年京都大学理学部卒業。学術博士。(財)京都市埋蔵文化財研究所の研究員を経て、1995年に京都造形芸術大学芸術学部文化財科学コースに着任。2001年より中国・四川省で出土した前漢の漆塗り馬や武人の木造の保存処理指導にあたり、現在は西安市文物保護考古所と同市内より出土した漢・唐時代を中心とする考古遺物の保存と材質調査に協力する。近年は国内の寺院に伝わる仏像調査等に関わる。

主要著作『古代出土漆器の研究』（京都書院　1995年）

――岡田先生、このたびは巻末特別附録に快くご協力を賜り、まことにありがとうございます。つたない質問で恐縮ですが、どうかご教示のほどよろしく願い上げます。

Q1　まずは、中国漆芸の起源についてお聞かせいただけないでしょうか。

中国の漆芸はいったいいつごろに始まったものでしょうか。広大な国のことですから、地方ごとの特色ですとか、特にさかんだった地域があるのでしょうか。上古～本シリーズの時代設定である唐代にどのような変遷・発展を遂げてきたのでしょうか。

中国の漆芸の起源となりますと、考古資料に頼らねばなりません。当然ながら、考古資料の発見は偶然に左右されることが多くなります。そのため、広い中国において、漆芸の起源がどのあたりにあったのか、その答えはまだまだ未解決です。

中国では今のところ、長江下流の浙江省余姚県にある河姆渡遺跡から出土した約七千年前の漆器が最古とされています。それよりも新しい漆器は長江流域や、黄河流域の各地で出土しているようです。戦国時代には、湖北省にある曾侯乙墓などから大量の漆器が発見されています。そのころの漆器は黒と赤で文様を描くことが多かったようです。それが漢代には、木地の作り方や下地の混ぜものなどが多様になり、漆芸技法が高度に発達したことが判明しています。湖南省にある馬王堆漢墓はミイラが出たことで日本でも良く知られていますが、この墓から出土した漆器のなかには、二千年を経た現在も使えそうな、非常に堅牢な漆器がみられます。考古資料からはそうした質の高い漆器が中国領土の全域に運ばれたことも、判明しています。

本シリーズの時代設定である唐代には漆芸技術はさらに発展したはずですが、残念ながら中国にはそうした漆芸品ほとんどは伝世しておらず、発掘品もまだ少ないようです。幸い、日本の正倉院には唐代の盛唐期の漆器が数多く伝世しており、それらのなかには金や銀、螺鈿を嵌装した遺品がみられます。そうした遺品を通して、唐代の漆芸は貴族趣味を反映した、とても華やかなものだったと推測されます。

狄《ディー》判事は、そうした華やかで質の高い漆芸品を日常的に目にしていたことになるのではないでしょうか。

Q2　ひるがえって、漆といえば西洋では *Japan* と通称されるほど、わが国も長い伝統漆芸を持っておりますが、起源は日本固有のものでしょうか。また、いつごろから存在したのでしょうか。

大陸や半島からの影響や、技術流入などはあったのでしょうか。唐代の前後と申しますと、ちょうどわが国でも法隆寺の玉虫厨子製作や、名だたる正倉院御物など、舶来の名品が多数もたらされた時期かと思いますが、それらの影響はいかがでしょうか。

日本では北海道函館市にある垣ノ島B遺跡の墓から、約九千年前（縄文時代早期）とされる漆芸品が出土しています。縄文時代には日本列島の各地において、漆製品が作られたようです。この時代の漆芸技術が大陸とどのような関係があったのか、詳しいことはまだわかっていません。ただ、植物学的には漆の木は日本列島に自生していなかったとされています。弥生時代には、日本列島に本格的な水稲耕作がもたらされ、それとともに縄文時代とは明らかに異なり、大陸でみられるものと描線が良く似た漆器が北部九州地方などでみられるようになります。漆芸品のなかに大陸の影響が色濃く認められるようになるのは、やはり仏教伝来以降のことですね。玉虫厨子や乾漆の仏像などは、大陸から伝来した漆芸技法によってはじめて作ることができたのだと思います。

Q3　ところで、現代日本と中国の漆芸を比べてみますと、素人目にも漆の質感がはっきり違うという印象を受けます。この違いはどういう原因から来るものでしょうか。昔から存在する違いだったのでしょうか。また、日中の漆芸の違いについて、おおまかで結構ですので教えていただければ幸いです。これは素人考えですが、日中で漆を使用する調度や什器が違ったために、その用途に応じて生まれた差異ですとか、漆の原料や加工の過程、はたまた気候による違いなどはあるのでしょうか。

一般の方が古い中国漆器を見る機会は非常に少ないと思います。中国ではかつて、官営工房において、宮廷で用いる漆器を作っていました。そうした漆器は非常に質が高く、現在も市場に出ると、とても高い値段で取引されています。現在の中国にはそうした官営工房がありませんので、漆器の質もおのずと落ちているようです。漆の原料、すなわち漆の樹液は漆の木から採取するわけですが、日本では一本の漆の木から一年に牛乳瓶一本分ぐらいしか樹液が採れないそうです。この貴重な漆の樹液を収集精製する過程によって、漆の質はずいぶん違ってくるようです。地域による漆の質の違いももちろん考えられます。私たちが目にする現在の中国漆器の多くは、漆液に油などを多く混ぜているといわれています。一方、日本では江戸時代に各地で漆芸が特産品として発達し、それが現在まで各地で受け継がれています。そのおかげで今も、質の高い蒔絵などを目にすることができるのだと思います。

Q4　本書の漆屏風は螺鈿という手法ということになっておりますが、この手法についても成り立ちや技術の発展・変遷、また日中の代表作などの具体例を教えていただければ幸いです。

螺鈿という技法は、夜光貝《やこうがい》や鮑貝の貝殻を薄く削って平らな板にして、器物の表面に漆で貼り付け、ピンクや緑色に発色するのを利用したものです。漆に貝殻を利用することはずいぶん古くから行われたようで、日本では縄文時代の漆器のなかに、貝殻をはめ込んだと考えられるものが出土しています。
奈良の正倉院には鏡の背面に螺鈿をちりばめた、中国で制作された螺鈿背鏡がいくつも残っています。それらをみますと、唐代の螺鈿は、貝がずいぶん厚かったことがわかります。そうした螺鈿技法のなごりは平等院鳳凰堂や中尊寺金色堂の内陣の荘厳に、いまもみることができます。

Q5 最後に、読者の方々が漆芸の工芸品を鑑賞あるいは購入なさる場合、注意すべきポイントなどありましたらご教示いただけますか。また、先生は漆芸にとどまらず染織や醸造など中国の工芸技術史一般を広く手がけられ、先年に発掘された中国最古のお酒の復刻品を実際に味わわれたという、大変貴重な体験をお持ちですが、そちらのお仕事のお話なども少し承れないでしょうか。

日本で中国の漆芸品を常時鑑賞できる博物館や美術館は、非常に少ないのが実情です。もし読者の皆さんが漆芸品をご購入なさる場合、日ごろからたくさんの漆器を博物館・美術館でご覧になって、しっかり研究され、自分の好みに合った漆器をお買いになるのが良いでしょう。漆芸品以外につきましては、また機会がありましたらお話しいたします。

――貴重なお話をありがとうございました。

中国の螺鈿漆芸（元～明代、個人蔵）

本書は、一九九九年に中公文庫より『四季屛風殺人事件』として刊行されたものを、翻訳を新たにし、改題したものです。

HAYAKAWA POCKET MYSTERY BOOKS No. 1832

和《わ》 爾《に》 桃《もも》 子《こ》

慶應義塾大学文学部中退，英米文学翻訳家
訳書
『沙蘭の迷路』『紫雲の怪』ロバート・ファン・ヒューリック
『イスタンブールの群狼』ジェイソン・グッドウィン
（以上早川書房刊）他多数

この本の型は，縦18.4センチ，横10.6センチのポケット・ブック判です．

検印
廃止

〔螺鈿《らでん》の四季《しき》〕

2010年1月10日印刷　2010年1月15日発行

著者	ロバート・ファン・ヒューリック
訳者	和爾桃子
発行者	早川浩
印刷所	星野精版印刷株式会社
表紙印刷	大平舎美術印刷
製本所	株式会社川島製本所

発行所 株式会社 早川書房
東京都千代田区神田多町2ノ2
電話 03-3252-3111（大代表）
振替 00160-3-47799
http://www.hayakawa-online.co.jp

〔乱丁・落丁本は小社制作部宛お送り下さい
送料小社負担にてお取りかえいたします〕

ISBN978-4-15-001832-0 C0297
Printed and bound in Japan

ハヤカワ・ミステリ〈話題作〉

1823 **沙蘭の迷路**
R・V・ヒューリック 和爾桃子訳
赴任したディー判事を待つ、怪事件の数々。頭脳と行動力を駆使した判事の活躍を見よ！著者の記念すべきデビュー作を最新訳で贈る。

1824 **新・幻想と怪奇**
R・ティンパリー他 仁賀克雄編・訳
ゴースト・ストーリーの名手として知られるティンパリーをはじめ、ボーモント、マティスンらの知られざる名品、十七篇を収録する

1825 **荒野のホームズ、西へ行く**
S・ホッケンスミス 日暮雅通訳
鉄路の果てに待つものは、夢か希望か、殺人か？　鉄道警護に雇われた兄弟が遭遇する、怪事件の顛末やいかに。シリーズ第二弾登場

1826 **ハリウッド警察特務隊**
ジョゼフ・ウォンボー 小林宏明訳
ロス市警地域防犯調停局には、騒音被害、迷惑駐車など、ありとあらゆる苦情が……〝カラス〟の異名をとる警官たちを描く警察小説

1827 **暗殺のジャムセッション**
ロス・トーマス 真崎義博訳
冷戦の最前線から帰国し〈マックの店〉を再開したものの、元相棒が転げ込んできて、再び裏の世界へ……『冷戦交換ゲーム』の続篇